麋鹿纪

树 深 时 见 鹿
书 深 时 耐 读

DON'T WANNA
MEET YOU
TOO EARLY

▼

总有一些人的故事带着生活的温度，暖化我们的内心。

总有一些熟悉的场景带着我们熟悉的气息，逐渐埋藏在心底，成为回忆。

或许并不是不够爱，而是爱起来的代价太大，容易伤害爱之外的其他。

带着遗憾生活，我们渐渐学会惜爱如金的道理。

不想与你
相见恨早

不想与你
相见恨早

因为年轻，生活对于我们有多种可能；

因为不懂爱，我们彼此遗憾错过。

那些暖心的瞬间，恰恰是我们因爱相遇；

那些孤独等待的日子，犹如瓜熟蒂落的过程。

千万人里与你相见，既是缘分又是必然。

不想与你相见恨早，一切来得刚刚好。

▶ ▶ ▶

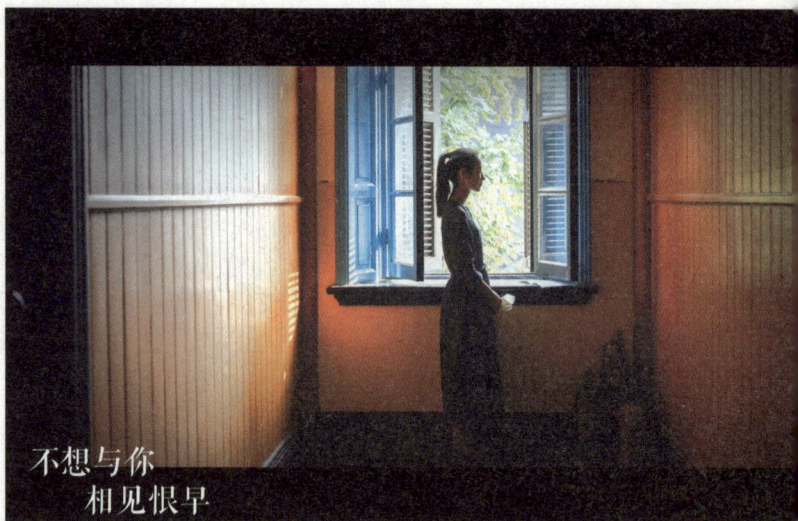

不想与你
相见恨早

世间最难的修行，都在最亲密的关系里。

温柔体谅，是因为你曾感同身受。

你说，陪伴是最长情的告白。

我说，因为有你，日子卑微甜蜜。

▶ ▶ ▶

DON'T WANNA
MEET YOU
TOO EARLY

不想与你
相见恨早

猫步旅人 / 著

Don't wanna meet you too early

北京联合出版公司
Beijing United Publishing Co.,Ltd.

图书在版编目（CIP）数据

不想与你相见恨早 / 猫步旅人著 . -- 北京 : 北京
联合出版公司 , 2017.3

ISBN 978-7-5502-9837-8

Ⅰ . ①不… Ⅱ . ①猫… Ⅲ . ①短篇小说—小说集—中
国—当代 Ⅳ . ① I247.7

中国版本图书馆 CIP 数据核字（2017）第 031453 号

不想与你相见恨早

作　　者：猫步旅人
出 品 人：唐学雷
出版监制：刘　凯　马春华
责任编辑：徐秀琴
装帧设计：粉粉猫

北京联合出版公司出版
（北京市西城区德外大街83号楼9层　　100088）
三河市九洲财鑫印刷有限公司　新华书店经销
字数：218 千字　　889 mm × 1194 mm　　1/32　　印张：9.5
2017 年 3 月第 1 版　2017 年 3 月第 1 次印刷
ISBN 978-7-5502-9837-8
定价：32.00 元

序言 每个人都会因爱相遇

文/宋小君

01

有人说，人生冷暖追求到极致，男女之间无外乎一个情字。

坦诚说来，我们每个人都是因爱相遇的。

02

听猫步说起，他是用四年的生活阅历完成的这些故事。故事的男女主角就是我们身边的平凡的朋友。

有人说，这个世界最需要的就是感同身受。所以，我们才学会交流，学会用文字诉说情感。所以，故事才会被大家喜欢。一个好的故事能让人看到另一种生活，体会别人真实的情感，仿佛让自己经历一遍不同的人生。

猫步告诉我他笔名的来意，他去过中国很多城市，认识了形形色色的人。他说，如果生活让我们做个孤独的旅人，独自面对周遭的一切，那也要用优雅的步伐去丈量自己的道路。我是很欣赏这种生活态度的，每个年轻的我们，都曾有过仗剑走天涯的壮志，无奈现实沉重，我们只能遗憾地放下梦想。

猫步的故事，都是我们身边人的爱恨纠葛，有着强烈的代入感，抛开表面去探究内里，你就会发现他的文字有些深沉如晚钟，大道至简；也有些欢脱如脱兔，幽默恣肆，快意恩仇。我一直坚信生活中，若爱一个姑娘，就应做到敢爱敢恨。然而，生活在都市中的人，连这些都成为奢望。

在猫步的文字里，你可以看到他是一个至情至性的人，他像是身边的一个知心朋友，将原汁原味的感情生活端到你我面前，初尝有些酸甜，再舀一勺酸甜苦辣的味道扑面而来，后味儿中有着苦尽甘来的希望，让我们读罢醋畅淋漓，欲罢不能。这是文字的力量，更是对生活敏锐洞察的结果。

人生艰难，好在有这样一本书，被你我阅读，在不同职业、不同生活空间里穿行的饮食男女们，这是我们现实生活的写照。

有人说，都市里的一切都是颠倒的，霓虹比天空艳丽，高楼比人群个性。

而我也相信，无论在贫瘠抑或肥沃的土地上，都会有浪漫发生的。猫步的故事大多发生在都市，让我们清晰地感受到小人物的独立、个性，勇于追寻属于自己的那份情感归宿，成为自己的心灵捕手。

如果每个人的心是一口清泉，那落在上面的枯叶、杂草，都能被他的故事和文字洗涤，让我们的心重新汩汩直流，充满生命力。

我们都一样，一边赶路一边错过身边的人。生命中，有些错过，便永远地错过了。而有些错过，因为执着，又变成了相遇。

尘世如潮，我们都有机会做弄潮的浪花，如果你还没有看到属于你的海岸，那就耐心等待。人生没有什么太老或太年轻，你来了，就是最好的时候。每个人都会因爱相遇，穿越时空来到我们的身边，因为每个故事里都会有你。

相逢如故，一切刚刚好。

目录 CONTENTS

Chapter One
因为失去过，才会懂得如何去爱

不 想 与 你 相 见 恨 早
Don't wanna meet you too early

总有一些人的故事带着生活的温度，暖化我们的内心。

总有一些熟悉的场景带着我们熟悉的气息，逐渐埋藏在

心底，成为回忆。

或许并不是不够爱，而是爱起来的代价太大，容易伤害

爱之外的其他。

带着遗憾生活，我们渐渐学会惜爱如金的道理。

不想与你相见恨早

流水它带走光阴的故事改变了一个人，就在那多愁善感而初次等待的青春……（《光阴的故事》罗大佑）

有些人的命运被改变，有些人的爱情被遗忘。但唯一不变的，是我们在生活的河流两岸隔首相望，看爱情露出微弱的光。

1

从小镇走出来的青年，总会怀念小镇结婚的习俗。它没有西方古堡里穿着一袭白裙，优雅地走到神父面前，一脸虔诚地说"I do"的浪漫；也没有青葱岁月里飘逸长裙恋上沾着墨汁的白衬衫的纯真。它只有高朋满座时，新郎新娘露着淳朴幸福的笑容宣告世界，他们成了合法夫妻。

已经大学毕业、生活在大都市的我，不清楚豪华婚礼和幸福有多少关联，但我知道真心相爱的两个人哪怕只是粗茶淡饭的礼节，也足够感动我。

像是被点燃的烟火，多年不联系的朋友们突然通过各种社交方式相互联系，我也被大家找到了。

而大家恢复感情的方式，是结婚。当我被一个老同学打电话通知时，竟还不相信。

"你说谁结婚了？"我问。

老同学说："林娇娇，你高三同桌啊。"

"你再说一遍？"我又问。

电话那端停顿了一下："林娇娇。双木林，娇生惯养的娇。"

我"哦"了一声，附和道："一定到。"

不要怪我诧异，我惊讶是有原因的。这就好比你听说太监有个儿子，你准不信。

什么？人家林娇娇根本不是太监，她是我的同桌。

林娇娇虽说是"飞机场"，但她肤白貌美人品好。

时光退回高三。

梧桐树下的林荫小道上，有跑着碎步还在背课文的乖学生。

也有姿势堪比国家队专业运动员的乒乓爱好者在阳光下挥洒汗水："左抽一拍，右抽一拍，再来一个漂亮的反抽，哈哈哈，接不住了吧？"

你没有听错，说这话的人就是我，我叫丁一晨。

别看我临近高考还这么卖力地打乒乓球，但我不是个体育专长生，我甚至在老师眼里称不上是个优秀的学生。

在高考动员大会上，上千人顶着大日头，听校长慷慨激昂地演讲，说如何苦战一百天、终身受益无限。

林娇娇站在我旁边，我说："林娇娇，你看见没，咱们王校长的唾沫喷进班主任的茶杯里啦。"

林娇娇假装没听见，一脸呆滞的表情盯着校长的大脸。

校长英明神武，简直是口才界翘楚啊，要在金庸小说里，一定是修炼《葵花宝典》的不二人选。

见林娇娇不理我，我拉了拉她的衣角，偷偷瞥了一眼她的胸，恶狠狠地说："咪咪小对你以后找男朋友没啥好处。"

林娇娇一脸娇羞状，瞥了我一眼道："你再要流氓，我就告诉班主任！"

我说："班主任如果能管得了你胸小的问题，那他真的可以一统江湖啦。"

她说："丁一晨，还有一百天就高考了，你不紧张吗？"

我回道："紧张有卵用？如果紧张能考上大学，我就是紧张到失心疯都愿意。"

林娇娇似乎也觉得她问的问题有些弱智，又不好意思承认，就没理我了。

我实在没趣，一个人盯着讲台上方的五星红旗看了半天。

宣誓会结束后，我的脖子已经僵成石头了，大家都走了我还站在原地。林娇娇见我没反应，拉了一下我的衣角。

她说："大会结束了，你站在这里思考什么呢？"

听到没，学习好的女生都是用"思考"二字来代替"想"这个肤浅的词。

我假装大惊小怪道："哎呦，别碰我，万一让你怀孕了，这怨谁？"

她大喊了一声"流氓！"就乖乖回教室复习功课去了。

2

我做梦都没想到，班主任会来查晚自习。

因为我正趴在桌子上做梦呢，哈喇子流了一桌子。

我从睡梦中惊醒过来，发现班主任站在我旁边念叨："你这是在为我睡觉吗？你这是在为自己睡觉！我看你还是回家睡去吧，家里床舒服。"我心想："我不是为自己睡觉，还能为你？我这也是为了学习好的同学着想，让他们考上好大学的概率增加嘛，雷锋叔叔教导我们要学会舍己为人，做一件好事并不难，难的是做一辈子好事。"

当然，我只能作俯首虔诚状，向班主任道歉说："昨天下了晚自习后，回家做题做得太久，今晚犯头疼啦。"

班主任管理班级这么多年，什么雕虫小技没见过，毫不犹豫地把我请出教室。

我只好在教室外挑灯夜读，这下一点困意也没了。

下了晚自习，我的同桌林娇娇走出教室轻声笑着对我说："家里床舒服，回家睡比较好。"

我气不打一处来，但还是手握书本一脸儒雅状，说道："最毒妇人心啊。"

她说："别仗着自己那点小聪明就以为自己能考上好大学。"

我说："我不是小聪明啊，我是大智若愚，韬光养晦。你若不信，咱们高考战场见！"我脑海里出现法国贵族们决战的场面，首先甩个白手套到对方脸上。

她懒得理我，我自知没趣就跟在她屁股后面，我说："学校小卖部今天新进了冰激凌，要不要来一块？"

她头摇得跟拨浪鼓似的："不能吃，不能吃，高考前还是小心为好，吃坏肚子是小事，耽误高考是大事。"

看见没，学习好的女生讲起道理来也头头是道。

我只好一个人悻悻而去，跑到小卖部买了仅剩下的几个。回到宿舍分给舍友们吃，他们倒是感恩戴德，嘴里吃着还念念有词道："丁一晨，就凭这个我也要告诉你一个秘密。"

我问："你有能考上清华北大的真题答案？"

舍友呵呵笑道："你太高看我啦，林娇娇最近下了自习就去医务室打针，你表现的机会来了。"

我说："真假？"

他说："假的话让我考不上清华北大！"

我笑骂："你他妈说真话也考不上。"

出于宁可信其有不可信其无的心理，我第二天下了自习尾随林娇娇。学习好的女孩一点反侦察意识都没有，傻愣愣让我一路跟踪到了医务室。

我看到医务人员和挂着的两瓶药水，才相信林娇娇真的病了。

这当下，高考就像古代打仗，都是杀敌一千自损八百。

我当即就殷勤地凑脸过去，问她："哎呦喂，我的林妹妹真是病弱之躯啊？"

林娇娇见是我，突然兴奋道："哎，你不会也生病了吧，正好可以陪我会儿，我有点害怕。"

我笑道："你应该害怕我才对。"

我给林娇娇说明来意，就是来看她的笑话，林娇娇委屈地抹了眼泪。

我知道人生病时也是最脆弱的时候。连忙安慰道："没事，像你读书这么好，病弱之躯也能将千军万马斩于独木桥下。"

林娇娇看了看我，问道："你为啥不趁这段时间多用功，考上大学，一辈子受益？"

我说："只要平时功夫下得深，沙漠也能打出水来。"

林娇娇被逗笑了，说我："你啥都能编出新词来，怪不得你语文每次都考全校第一。"

我这人听不得别人的夸奖，假装不高兴道："我数学考不及格你怎么不说。"

她回："胡适闻一多数学都考0分，人不照样成了伟大的作家了。"

我汗颜，说道："我能跟他们比？"

她说："这个说不定呢，人不可貌相。"

我这次是真生气了，说道："你不会说我比他们俩长得还丑吧？"

她说："呵呵，不敢。"

不知不觉间，我和她胡侃了一个多钟头，吊瓶在不知不觉间打完了。

我陪她走回宿舍的途中，略带关心地说道："娇娇，念你平时对我不薄，我提醒你一句。"

她傻笑着看着我问道："啥？"

我说："注意身体，别得不偿失。咱们班上清华北大就指望你了。"

林娇娇临近宿舍大门时开心地说："你其实长得挺帅的。"

我说："女孩子说谎话会脸大的。"

她和我轻轻摆手，衣服间散发着苏打水的味道。

至今我记忆深处还在怀念那个味道。五月的操场，草木萌动，衣裙漫飞。那是我记忆里最刻骨铭心的日子。

3

高考还剩不到十天时，教室里鸦雀无声，安静极了。

同学间开始传着写同学录，一个比一个厚。从第一排传到最后一排，似乎再也没有好学生和差学生之分。

大家都希望将最美好的奋斗岁月写成娟秀的文字，记录在同学录里，静等岁月留香。这上面有我们奋斗的汗水，是没日没夜相濡以沫的奋战史诗。

我将自己的同学录传给林娇娇时，她低头写了半天，还用半个臂膀挡住，生怕我看到。

我说："你写好了不就是为了让我看吗？"

她回："那也不是现在看。"

我说："快把你的同学录拿过来，我要成为第一个在你同学录上留下墨宝的人。"

林娇娇咳嗽着，用羸弱的小手递过她的，我提醒她赶紧吃药。

林娇娇把写好的同学录递给我，我急忙打开看，才发现她是这样写的：

青春的故事里，我们一起奋斗

芳香的书签上，写满了阳光灿烂的日子

岁月静好，各自珍重

如若有缘，我们他日相会

我看完后，盯着林娇娇看了半天，琢磨着她写的留言里有没有对我的爱恋。

于是，我提笔在她的同学录上写：

认识你，总比不认识你好

毕竟咪咪小人品好

如果我能考上名校

他日一定把你泡

写完后，我洋洋自得地审视了半天，生怕有错别字影响她对我的好感。

我递给她时，她看都没看直接塞进课桌，这让我觉得很尴尬。

我说："你怎么不看看我写给你的？"

她低着头说道："我回宿舍看。"

我说："你真小气。"

她没回话，但脸看起来更加红润了。我突然充满了期待。

同学录写完后，教室里的气氛突然开始更加紧张，空气里夹杂着火药味。

晚自习照常，我用功看了一会儿书，就和林娇娇搭话。

她没理我，只是趴在桌子上。

我问她："你还去医务室吗？"

她没回。

我说："你晚上一定要看我写给你的同学录，明天我要考你的观后感。"

她还是没回。

林娇娇被我背着跑出教室冲进学校医务室时，高中三年级的学生们像筑巢的燕子黑压压地趴在阳台上看热闹。我抬头看见黑压压一片，心中骂道："真他妈人多，都是我的对手。"

林娇娇被抬上救护车时，手里还拿着同学录。上面只有我写的内容。

考试前最后一天，班主任很沮丧地走进教室，宣布了林娇娇因为重病不能参加考试的通知。

我听后，脑袋里嗡嗡直响，感觉整个教室都在旋转。

牛顿说，万事万物都有引力。如果没有引力作祟，我一定会蹦到林娇娇的病床边，把她拉过来参加高考。

高考进行了两天，并没有想象中的度日如年，反而感觉时间很快。当我答完最后一门文综的试卷时，我突然感觉眼睛里有液体流出。

这一切终于要结束了，落笔后，一切都尘埃落定。

考试完毕，班里的几个同学商量着去医院看望林娇娇，我挑的头。

大家走进医院，才知道林娇娇得了脑膜炎，学习过度紧张导致的。

等同学们走后，我一个人偷偷关上病房的门，趴在她的耳朵边说："娇娇，今年的题目很简单。"

她眼里涌出泪来，声音细微地说道："恭喜你。"

我说："你好好养病，等身体养好了，咱们明年再战。"

她点了点头，轻声说："我看了你写的同学录。"

我笑回："我在大学里等你，你可要努力。我这么抢手的人，一定有很多女孩子追。"

她不说话，一直点头。

接着放假，放榜。我发挥得不错，考到了华东师范大学。整个暑假我都沉浸在喜悦之中。

我在上大学的第一年，才听说林娇娇第二年高考也没参加成，人精神上也出了问题，看上去有些疯疯癫癫。

之后，好几年都没她的消息。

4

婚礼是在家乡的小镇上举行的，亲朋好友悉数到场，老同学们坐一桌。

我们聊天，才知道原来她嫁给了当地的一个身体有残疾的男人。大家唏嘘不已，这么多年她一直没治好。

听同学说她已经生了个儿子，差不多一岁了。这是补办的婚礼，有残缺的婚礼。

林娇娇看上去呆傻傻的，他的男人看上去行动也不方便。

酒席散场时，我站起身来走向林娇娇，她看了看我，眼神里有光亮，我朝她点了点头。当我抱起她一岁大的婴儿，看着那双清澈如水的眼睛时，我的泪水止不住地流。

后来，毕了业我留在上海。机缘巧合认识了一位年轻作家，便成了朋友，他的笔名叫猫步旅人。

我告诉猫哥，想让他帮忙写下这个故事，他爽快答应。

我问他："一个神经失常的人还记得曾经的回忆吗？"

猫步旅人很坚定地回答说："在她的记忆深处一定记得。"

现在，我不经意地翻开自己的同学录，脑海里浮现很多画面。画面里有个肤白人美的姑娘在朝着我笑。

罗大佑的一首歌叫《光阴的故事》：

春天的花开秋天的风　以及冬天的落阳

忧郁的青春年少的我　曾经无知的这么想

风车在四季轮回的歌里　它天天地流转

风花雪月的诗句里　我在年年地成长

流水它带走光阴的故事　改变了一个人

就在那多愁善感而初次　等待的青春

发黄的相片古老的信　以及褪色的圣诞卡

年轻时为你写的歌　恐怕你早已忘了吧

过去的誓言就像那课本里　缤纷的书签

刻画着多少美丽的诗　可是终究是一阵烟

流水它带走光阴的故事　改变了两个人

就在那多愁善感而初次　流泪的青春

遥远的路程昨日的梦　以及远去的笑声

再次的见面我们又历经了　多少的路程

不再是旧日熟悉的我　有着旧日狂热的梦

也不是旧日熟悉的你　有着依然的笑容

流水它带走光阴的故事　改变了我们

就在那多愁善感而初次　回忆的青春

流水它带走光阴的故事　改变了我们

就在那多愁善感而初次　回忆的青春

　　流水它带走光阴的故事改变一个人，就在那多愁善感而初次等待的青春里，有些人的命运被改变，有些人的爱情被遗忘。但唯一不变的，是我们在生活的河流两岸隔首相望，看爱情露出微弱的光。

几乎成了爱人

　　真实生活的婚姻，大多不是基于爱情的结合，所以真正的爱情才会脆弱，而我们都在经历着古老而常新的故事。

　　正如一座城市给人的印象，让人铭记的总是那些最平凡的细节。说起北京，总会有着一缕豆浆油条的香味顺着古朴的胡同口飘散。说起上海，我总会留恋那落满阔叶梧桐的街道，和那些逼仄的老弄堂，花落水流话长情浓，魂牵旧梦。

　　你我是正负两极。一相逢，便燃烧，发光发热。

　　周国平说过："我们未必因此倒下，也许，没有浪漫气息的悲剧是我们最本质的悲剧，不具英雄色彩的勇气是我们最真实的勇气。"

1

　　我认识一人，名字特逗，竟然叫李全有。因为他这个名字，我们差点做不成朋友。

刚认识他时，以为他是一富二代，那天我去酒吧喝酒。

我说："你丫挺的不是富二代吗？"

他说："是啊，我是负二代啊。早在我爸找小妈时，我就败坏光了。"

我自扇了一个大耳巴子，大呼："原来你是'负'二代啊。"我差点没把喝下去的二斤啤酒连同胆汁吐他脸上。

我好奇问他："那你怎么结账啊？"

他说："这个不用你操心。我有的是朋友，你信不信我打个电话，分分钟有人来送钱。"

我说："咦，我怎么看到天上飞的到处都是牛？"

李全有脸憋得通红，挥舞着手臂说："你又不是我朋友，操什么卵蛋心？"

我说："对，我就喜欢操卵蛋心。"

李全有尴尬地掏出手机，拨打着电话。

"我敢打赌，你打不通。"

说完，我哈哈大笑，像是拆穿一对偷情的狗男女。

李全有干笑了两声，唱了起来："你有我有，全都有啊。"

我假装附和道："风风火火闯九州啊，嘿呀依儿呀。"

李全有不是银行，他不可能什么都有。甚至他连个在银行上班的朋友都没。没有就没有，我也没有啊，于是，我请他喝了酒。

李全有蹭完酒，把酒杯拍得啪啪作响，非要拉着我结拜兄弟，他朝我一鞠躬，再鞠躬，三鞠躬，四鞠躬。我赶紧拉他说道："我们又不是成亲，你朝我鞠躬做什么。"

他说："你就是我的再生父母，你就是救苦救难的耶稣，圣母玛利亚。"

我心想李全有一定是脑子喝坏了，请他喝一顿大酒，至于这样吗？

我索性就好人做到底，送佛送到西。我招呼了一辆出租，付了钱后，招呼司机把他送回家。司机问他家住哪里？李全有嚷着说："老子四海为家行不行，别以为老子没了你就饿死了。"

司机无奈摊手说："这个客户我不敢拉。"

我们只好将李全有拉了下来。我扶起身子已经软成面条的李全有，背着他趔趄地走向我的住处。街道上的车辆像是赶场似的，开着远光灯横扫着黑夜。

一大早我尿急，迷迷瞪瞪爬起来，摸进洗手间。正准备方便，发现马桶上有个活物一下子蹦了起来，大喊道："兄弟，大水冲了龙王庙，一家人不认一家人啊！"

我宿醉刚醒，看到李全有抱着马桶盖，这才意识到家里还有一个人。

他看到我时，朝我浑身上下打量了不下一分钟，然后瞪着眼说道："你谁啊，怎么会在我家？"

我顿时脸绿。可能是早晨起来，大脑缺氧的缘故，我连解释的理由都显得很弱智。

我说："你怎么能证明是你家？"

他说："那你怎么证明不是我家？"

我竟然无语，说道："你真名是不是叫李全有？"

他说："是啊。"

我说："你昨晚是不是在夜色酒吧喝酒来着？"

他说："我他妈哪天不在酒吧喝酒来着。"

我说："你喝酒是不是从不带钱？"

李全有眼冒绿光笑道："我想起来了，是你请我喝的酒对不对？"

我终于舒了一口气，说道："这就对了嘛。"

他说："我是不是对你做了什么？"

我赶紧伸手去摸下体，庆幸完好无损，说道："原来你是个同志啊。"

李全有慌忙摆手道："别介，就是全天下没有了女人，我也不会碰男人的。"

我思忖道："你对男人有偏见？"

他说："何止，我意见大了我。"

李全有站起来，径直拿起我的牙刷挤上牙膏，刷起牙来。

我又脸绿。

李全有刷完牙，还在絮叨："我记得上个月还用的是电动牙刷的，怎么就换了。"

我朝他大吼："神经病，那是我的牙刷！"

李全有跳将起来，一把推开我，朝卧室跑去。

我站在洗手间一动不动，尿意全无。

李全有在客厅里笑得震天响："哥们儿，真是不好意思啊，我他妈竟然走错房间了，你信不信？"

我看着李全有大喊道："滚！"

李全有非但没有滚，反而径直坐在沙发上，点上一根烟，翘着二郎腿，环顾了一下房间道："哥们儿，我昨儿真真是喝断片儿啦。不过，你这房间不错啊。"

我这一大早生了一肚子闷气，一屁股坐在沙发上，点上一根烟，翘着二郎腿，环顾着房间说道："哥们儿，我昨儿没喝断片，这真他妈是我家。"

他猛抽了一口烟，吐了个烟圈道："你这哥们儿，我交了。"

说完，他站起来要走。

我赶紧拉他："酒醒了吗？"

"昨日之事仿佛就在眼前。我他妈又耍酒疯了吧？"

"何止，还拉着我，要和我拜堂呢。"

"我真他妈不知害臊，这周已经是第三出啦。"

我瞅着他，指了指自己的脑袋说道："你是不是傻？"

李全有差点把头磕到桌子底下，赶忙道歉道："我傻行了吧。"

我径直走到厨房，拿出面包片递给他，说道："先将就一下，吃饱了赶紧滚蛋吧。我以后不想认识你。"

李全有拿着我的手机拨了个电话，语气骂骂咧咧道："老子没钱了，给打些钱。还有，我要开一间酒吧。"

我扔掉吃了半口的面包片说道："你昨天的酒是我请的，还钱。"

李全有狠狠地咬了一口面包说道："我欠你多少？"

"一千块。"

"好，我钱到账就还你。"

于是，我俩盯着手机，傻坐了半个小时。

我中间一度怀疑李全有是个骗子，骗吃骗喝这都是小事，万一他是个小偷怎么办？我家已经被他踩点好了，只等时机下手了。

这时，李全有猛地坐起来，手拍着大腿道："有个有钱的老爹就是好啊。"

我抢过手机来，发现账户上有七位数，我傻了。

"你真的是传说中的富二代？"

他说："我只是有个有钱的老子。"

李全有多给了我五百块，说是住宿费。

我执意不要，他站起来恶狠狠地说："你这人够义气，我交定你了。"

我俩既没有磕头结拜，却成了好朋友。

2

李全有就这样成了我的朋友。生活就是这么奇妙，当你为了拓展自己的朋友圈苦哈哈地参加各种活动，推杯换盏间以为结交了很多朋友，以为好风凭借力，送你上青云时，我已经和李全有好到穿一条裤子了。

原来李全有真的有个有钱的老爸，而且他老爸还是个有头有脸的人物，我为此要和他断绝关系。

李全有说，咱们是患难之交的死党。李全有什么都告诉了我，什么在静安区有一套自己的大别墅，什么他老爸找了个和他一样年轻的小三，什么他是个海归。

我笑他年轻有为，他笑我平凡最美。我们各自生活在自己的世界，我一度认为我们的时空是平行不相交的。犹如一个露宿街头的乞丐想的最多的是面包，而不会是爱情。

我作为一个苦哈哈的上班族，每个月都会为还房贷省吃俭用。

李全有和我所有的酒肉朋友不同，他很少找我。我倒也自在，毕竟他能成为我通讯录里的一张王牌，不到关键时刻是不能出的。

保持好的友情是需要距离的。不然，李全有也不会让我参加他们的聚会。当我站在外滩悦榕庄的观景台上欣赏着美女，品着红酒自我陶醉时，李全有身着西装革履走了出来。聚会很热闹，至少我是这么觉得。这世上最不应该辜负的就是美女和美食。

李全有完全没有照顾我，他忙着和帅哥美女们觥筹交错，因为他是今天的主角。

临近聚会结尾，李全有站在台上，只说了一声，下面便鸦雀无声："各位都是我多年的同学和好友，今天很荣幸邀请到大家，没别的，只为借钱。"

我以为自己听错了，竖着耳朵又听，觉得李全有喝醉了，他要是缺钱，我肯定是贫下中农。

他召集大家来，确实有一事相求。不是为了钱，而是为了酒吧开业，让大家来捧场。

大家从鸦雀无声到热烈鼓掌，只花了不到半分钟的思考。

大家兴尽而散时，李全有才腆着脸来招呼我。

我竖起食指，放在他嘴边说："你这家伙真幽默。"

李全有将西装外套脱下，拿起一杯白中白红酒，对着外滩五光十色的夜景唱道："眼看他起高楼，眼看他娶娇娥，眼看他宴宾客，眼看他楼塌了。"

我说："你小子没看出来，一肚子文化啊。"

他回："楼真的塌了。"

我赶紧环顾四周，发现虚惊一场后，大骂他直娘贼。

然而李全有眼里突然散去光亮，悲从中来。这次他真的成了负二代，他老爸的公司破产，老爸跑路了。

李全有说："人是一瞬间变老的。"

我说："这话不是你说的，这是人村上春树说的。"

他呵呵大笑："村上春树是谁？"

我解释说："反正不是村口王寡妇家的一棵树。"

李全有突然振作起来，说道："我打算开间酒吧。"

我看他一脸认真，心疼地说道："我精神上完全支持你。"

他说："我不会向你借钱，我还想和你做朋友呢。"

3

酒吧开业那天，我特意送去一个大花篮，带着同事前去撑场面。

酒吧名字起得不俗，叫"春生酒吧"。

我调戏他道："春水初生，春林初盛，春风十里，不如你。"

李全有笑歪了嘴道："不愧是睡过一张床的朋友。"

同事都看我，我也懒得解释。

酒吧的地点选在静安寺旁边，地段很好，生意确实不错。

有次，我去找他喝酒，才发现多了个姑娘。

我瞅着人家姑娘看了半天，逗她道："跟着李全有，啥都有。"

李全有见不得我埋汰人，对姑娘说："你离这家伙远点，他可不是个好东西。"

我见他忘恩负义、恩将仇报，心生一计道："要不咱打赌，谁赢了谁来追这姑娘。"

李全有招呼姑娘准备彩虹一条线。一字长龙摆好的鸡尾酒，颜色不同，看起来像彩虹。这是李全有独创的。

我自认酒量比他好，一口一个干起来，喝到剩三杯时，醉得不省人事。

那夜，我睡在他的酒吧，半夜酒醒时，看到李全有眯着眼端坐在那里，一根接一根地抽烟。

我坐起，和他聊起天来。

他说："你可输了啊。"

我说："只要能让你开心，输了怕什么。你最近有什么烦心事说说吧。"

李全有第一次认真地打量着我，默不作声。

我说："你要拿我当朋友，就别一个人扛着。"

他说："今天法院来找他了。"

我问："是不是你爸的事？"

他说："子承父业没捞着，父债子偿准错不了。"

我心里犯怵，真是怕什么来什么。我自知李全有的酒吧卖了也资不抵债。

李全有说："我打算多开几家连锁。准备找几个朋友融资。"

我说："你还有几个朋友？"

他笑："我他妈就你一个啊。"

我说："那天你开聚会，我完全看明白了。"

李全有说："不提他们。"

我说："或许我能帮你的忙呢。"

李全有像是来了兴致，嘲笑道："你家又不是开银行的，上哪里去整二百万。"

我说："我是没有二百万，可我有资产可以抵押啊。"

李全有说："你不会把你的房子做抵押吧。"

我说："一语中的。"

他手摆得跟树叶子似的，嚷着说："我自己的事自己扛。"

这事聊到这里，天亮了。

当我拿着自己的房产证跑到银行托朋友贷了二百万出来时，我就知道可能我这辈子都买不起房子啦。

去酒吧找李全有时，他没在。

姑娘倒是很勤快，又是端茶倒水。

我问她叫什么？

她说："我叫春生。"

我又问了一遍："你叫什么？"

她说："我叫春生。"

我说："你和李全有什么关系？"

她说："我们是高中同班同学，大学时我学的酒店管理，他去澳大利亚留学。自此天各一方，再无后话。"

我问："那他是不是喜欢你？"

春生有些不好意思地说："我高中喜欢他。"

"那现在呢？"

"我陪朋友来酒吧喝酒，才发现老板是他。"

"你现在辞职了？"

"是啊，我很喜欢自己的专业，所以入股了这个酒吧。"

"哟，那你是老板喽。"

我们在说笑间，李全有从外面走进来，看到是我高兴地招手道："哥们儿，我有活路了。"

李全有真有一套，居然筹到不少钱。他兴高采烈道："有时候，帮助你的人，有可能是你不认识的陌生人。"

我除了庆贺外，执意要入股。他说："别介，我还想和你做朋友呢。"

李全有和我从不谈钱的事，这是我们俩做朋友的底线。

新酒吧开业，我前去帮忙。春生作为酒吧的老板招待了我，却没见到李全有。

我每次去新酒吧，就和春生聊上半天。春生长得不算漂亮，她是国字脸。据说这样的面相旺夫。

李全有一下子消失了半个月，我问春生，她说她也不知道。

我那段时间，下了班就去新酒吧帮忙，而春生每天要管理两个酒吧。

有天酒吧有人闹事，春生实在没办法给我打了电话，我去解决。原来是一个痞子借着酒疯故意闹事。我叫来一帮人将他赶走。

李全有再次出现在我面前时，完全是神采飞扬。原来，他出了趟国，去了他留学的地方，找到当地几个供应商，拿到了几个酒水的品牌。

生意越来越好，年关酒吧盘点财务，他打电话让我来庆祝。我们喝酒聊天时，他告诉我说，今年两个酒吧的盈利足够还了债务。

春生坐在一旁，只顾着给我们倒酒。

我醉眼蒙眬地看着李全有，笑道："无债一身轻啦，你该考虑考虑人家春生啦。"

李全有说："我有女朋友。"

我说："你他妈喝醉了吧？"

李全有这才将出国的事给我完完整整地讲述了一遍。李全有在大学交的女朋友，她老爸就是做红酒生意的。确切地说，他代理的那几个品牌全是他大学女友家的。

春生为我们倒完酒，一个人径直走向吧台。

我说："你这样对春生不公平。"

李全有有些恼羞成怒地说道："谁他妈对我公平啊，生活本来就没有公平可言。"

我们不欢而散，春生也提前下了班。

4

过年时，李全有给我打了电话，说是邀我去普吉岛。我婉言拒绝。

他利用春生对他的喜欢，这事一直让我耿耿于怀。

除夕晚上，我给春生发祝福信息。

春生只回了声："谢谢。"

我给春生拨打了电话，告诉她关于李全有的事，她默不作声地挂了电话。

春节的上海，犹如一座空城，高架桥上再也不用堵半天。商场里也是颇冷清。其实，上海是座移民城市，它的繁华很大程度上是靠外地人支撑起来的。

过完年，我去酒吧找李全有。

李全有告诉我，他女友来上海了。

我说："恭喜你。"

李全有说："哥们儿，春生人不错，你又单着，我给你俩牵个线吧。"

我当即勃然大怒，直接将酒泼在他的脸上，扬长而去。

有天，春生找我喝茶。

我们坐在一起时，才知道春生已经从酒吧撤了出来。

我问她有什么打算？

她眼泪湿润，望着窗外灯红酒绿的一切，默不作声。

后来，春生说她准备结婚了。

我打电话告诉李全有，李全有说他一定会包个大红包。

我在电话里破口大骂道："去你妈的红包。人家不稀罕你的钱。"

李全有默不作声，直接挂了电话。

春生婚礼那天，我作为女方嘉宾去参加的。

我看着春生一脸幸福，心里很踏实。

李全有是婚宴结尾时才来的，确实包了个大红包。

李全有分手的事，最终还是告诉了我。

我说："你小子活该！"

我们去了春生酒吧，我建议喝彩虹一条线。

我和他打赌这次一定能喝赢他。

喝到半醉时，李全有笑我："你为什么不向春生表白呢？"

我踉跄着上前一步，直接扇了他一巴掌："春生喜欢的人是你啊。"

他说："人是一瞬间变老的。"

我喝完最后一杯后，李全有已经断片了。

我第一次赢了他。

后来，见过很多孤独的人，便更加相信爱情像块磁铁，你我是正负两极。一相逢，便燃烧，发光发热。

孤独的人是充满能量的，它带着另一个人需要的能量一直在寻找，走过街道，走过熙熙攘攘的人群，头顶着正号或者负号。一个人的孤独，两个人的温度。

"春蚕到死丝方尽，蜡炬成灰泪始干"，至死不渝或许就是爱情最好的结局。

你欠我一个有始无终的拥抱

> 或许并不是不够爱，而是爱的代价太大，容易毁坏爱
> 之外的其他。就此放手，让这一切化作幻梦，想起你都是温
> 柔。带着遗憾生活，我们渐渐学会惜爱如金的道理。

1

如果一个人的习惯都无法想起，关于她的故事也会消失。只是在
熟悉的场景里偶尔会疼一下，好似风湿一样。

辛乐在上海的家，就在虹桥机场旁边。刚入住时，他天天跟我抱
怨，飞机吵得他睡不着，半夜站在阳台上，看着跑道上的飞机起起落
落，大骂说要打飞机。

我说："你就打飞机消耗体力吧。"

辛乐明白过来说："打个毛呀，我一个写小说的还用实际操作
吗，分分钟香艳场景跃然纸上。"

我说："你可以把你的房子当旅馆出租啊，做个作威作福的

二房东，说不定还可以来个一夜情什么的，娶个白富美，走上人生巅峰。"

辛乐说："曾经我有个做富二代的机会，我爸没有把握住。"

后来，听他唠叨也便习惯了。

有段日子，这个习惯突然戛然而止。我心想，这家伙莫不会真去打飞机了吧？

辛乐在偏离人生巅峰的路上，越走越远。他索性晚上也不休息了，忙着挣钱准备换地儿住。临近有一家网吧，辛乐在网上找了个游戏代练群。辛乐做这份工作纯属学习。他说，写小说讲究语感，玩游戏讲究配合。

于是，有段时间辛乐嘴上长毛，天天嚷嚷脏话。

辛乐自己玩得不亦乐乎，队里有个未成年倒是不干了，说他粗鲁。立下汗马功劳的辛乐被踢，那叫一个心碎。

至此，辛乐白天倒头就睡的好日子宣告结束。

我说："你就好好写你的小说吧，别做些得不偿失的事。"

辛乐说："你懂什么，没有体验哪有故事。"

那段时间，辛乐新书出版，配合出版公司全国各地跑，忙着签售会。

那天，辛乐给我打电话，说刚下飞机，晚上找个街边摊庆祝一下。我爽快赴约。

辛乐一改往日的猥琐样，一身休闲装出现在我眼前，惊得我大呼："你鸟枪换炮了。"

辛乐很享受在我面前的这种优越感，小心翼翼地凑到我脸前说："胖子，待会儿给你个惊喜。"

我看着他一脸认真，说道："鸡汤小说写多了吧，还时不时来下小情小调。"

辛乐说："滚你大爷，待会儿给你介绍一下我女朋友。"

我差点笑出来："你不会领个未成年吧。"

夏小羽的出现，险些惊掉我下巴，她长发披肩，身材高挑，休闲的吊带装充斥着夏日的清凉。

辛乐面带羞涩地说："小羽，这是我铁哥们胖子。"

我怕他又挤兑我，赶忙打岔说："乐儿，附近有家新开的餐厅，要不去尝尝？"

小羽说话了："我平时下班，也喜欢吃这边的。"

辛乐在一旁大声招呼："老板，一提啤酒，火锅底料是酸菜鱼。"

这是辛乐和我最爱吃的。小羽也没有拘谨，入乡随俗，吃得热闹。

吃完我怕耽误他们的好事，借故还要回公司加班，辛乐也要送夏小羽回去，我们就此分道扬镳。

2

有天，公司安排出差。我从虹桥起飞，飞往首尔金浦。

入夜，飞机起飞，脚下的灯光影影绰绰，窗外的远处，星星眨着眼睛，很是美好。

"女士们，先生们：我们将为您提供餐食、茶水、咖啡和饮料，欢迎您选用。需要用餐的旅客，请您将小桌板放下。"

走道上，一位体态轻盈的空姐，穿着天蓝色制服走到我身边，说道："先生，这是您点的咖啡。"

我抬头正要感谢，却发现是夏小羽。我惊呼道："哦，你是空姐呀？"

她忙说："小声点儿，别打扰到其他旅客，有什么需要你尽管叫我。"

"现在是不是该叫空嫂了？你们俩怎么认识的？"我好奇地问道。

她说："在机场啊。"

为此，我嫉妒了辛乐一阵子，有这么好的资源，以后出差方便多了。

3

有段时间，辛乐在家时常为夏小羽担心，万一碰到不好对付的乘客怎么办？为此，他写了一个攻略。特意发了邮件，让我提意见。

攻略如下：

遇到乘客侮辱？

直接给丫一个大嘴巴子。

遇到不配合？

小心点，我男朋友是警察。

遇到恶劣天气？

大喊三声我的名字。

我笑骂他："一个管用的也没有。"

后来，夏小羽上完夜班就去辛乐的住处。

辛乐能背出每周去东京和首尔金浦的班次时间表。他会制作红豆沙的整个工序，味道不输冷饮店。早晨也不需要闹钟提醒起床了，半小时洗漱完毕，开始准备早餐。

这些习惯，都是伴随着夏小羽的到来养成的。其实，他们俩逛街不多，交流也不算多，每天忙于工作。辛乐对于这些，表现出了惊人的适应力。

有次夏小羽哭着给辛乐打电话，说一个乘客的亲人去世了，赶回去处理后事，结果遇到飞机晚点，在飞机上大吵大闹。

夏小羽看着不忍心，就任由乘客发泄，却被机长数落了一顿。

辛乐也想不出好的解决办法，生活中，总有一些事是解决不了的。好吧，那就交给时间。

后来，他们双方的父母见了面，辛乐说，那就是个错误。

场面就像辛乐打英雄联盟。

我说："打起来了？"

他说："骂起来了。"

我说："哥们儿任重道远啊。"

原来，双方父母对对方的职业和生活习惯都有点微词。

辛乐妈说："小羽呀，天上飞地上跑的，作息黑白颠倒，也不利于他们结婚以后的生活啊。"

小羽妈说："你们家儿子多挣钱啊，那样我女儿就不用上班了。"

辛乐劝他妈："现在找份体面的工作多不容易，妈你多体谅。"

小羽也说："妈你放心，辛乐平时挺细心，把我照顾得挺好的。"

最后，搁置争议，先谈结婚的事。

小羽建议先等等，等她转到高铁岗位上再结婚。

辛乐妈呛声道："那我啥时候抱孙子啊？"

小羽妈说："你只想自己的那点小事，有了孩子工作还要不要了？"

后来，这事就拖了。

4

辛乐那几天心情极差，时不时就在机场旁边等着夏小羽。夏小羽那几天一直在天上飞。

辛乐喝完大酒，就在附近广场看大妈跳广场舞。

"你是我的小呀小苹果，怎么爱你都不嫌多……"

辛乐越听越觉得好听，也不觉得庸俗了，甚至忍不住加入她们的队伍里。队伍里的大妈乐呵呵地指点辛乐，这么跳，那么跳。

有天，辛乐大半夜给我打电话。兴奋的话语里，似乎已经娶了夏小羽。

"哥们儿，夏小羽今天晚上八点下飞机，你赶紧过来，这次你要帮兄弟一把了。"

我说："你要绑架她，来个生米煮成熟饭？"

他说："要的。"

我说："只此一次，成不成看天意了。"

我火速赶到广场，只见大妈们呈方阵队列，整装待发，我也是头一次见这阵仗。

我谄媚道："这些人怎么被你说服的？具体怎么帮？"

他说："你先陪我去买个戒指。"

我说："我陪你去不合适吧？"

他说："合适，你身上有钱。"

于是，我像个跟班一样跑去金店。辛乐问我："你带了多少钱？"

我自豪地说："好几张卡呢，你就放心挑礼物。"

辛乐大摇大摆地走进去，一眼看到一个心形戒指，标价赫然写着五万二。

我说："这么贵重的礼物万一她不收，你可就砸手里了。"

辛乐咬牙切齿道："老子就是要告诉她，我爱她。"

辛乐不假思索地刷着我的卡，看不出一点心疼。忙完这些，我俩又赶忙返回广场。

辛乐跳到广场中央的台子上，拿起话筒大喊道："叔叔阿姨、姐姐妹妹们，今天就当一回我的娘家人，给我作证，我要求婚！"

广场上，人群齐刷刷鼓掌起哄。

辛乐说："大家的舞蹈一定要整齐划一，声音要有气势。"

我一看这阵仗，热血沸腾。

辛乐紧张地说道："万事俱备，只欠东风。"

我说："东风什么时候来？"

辛乐说："我心里也没底。"

5

终于，等到了机场的空乘人员，他们拖着疲惫的身体走过广场。

辛乐赶紧挥舞手臂，广场上齐刷刷喊："夏小羽，我爱你。"

此时，空乘人员里的夏小羽站在原地，面无表情地看着这一切。

广场上大妈们已经按事先安排好的流程跳起《小苹果》，场面浩大，爱的气氛四溢。

辛乐一个箭步冲到夏小羽面前，掏出戒指，单膝下跪大喊道："小羽，嫁给我吧。"

她一旁的同事们都在鼓掌欢呼，羡慕不已。

夏小羽将他拉起来，说了声"对不起"，扭头走了。

广场上，音乐戛然而止，娘家人七嘴八舌地议论着。

我当时有些气不过，心想，这娘们儿是要搞哪出。

辛乐一把拉住夏小羽的手说道："为什么呀？"

夏小羽说："没心情。"

我在一旁听愣了，替兄弟心碎了一地。

看着夏小羽走远，辛乐站在那里，手上捧着戒指傻笑："我真是个傻子。"

事情终归会过去，甜蜜的、尴尬的，埋怨也好、祝福也罢，都只不过是时间长河里的一滴水。但对于当事人来讲，却是悲伤逆流成河。

6

辛乐颓废了一段时间，嚷着要换房子，说是眼不见心不烦。

我心疼他，打算拉他走出阴影："哥们正好报了个旅游团，要不你也跟着我去玩吧。"

三亚的沙滩上，辛乐四仰八叉地平躺着，愁眉不展。

我安慰他："你看这里的天空、云朵、海洋、礁石，皆是亿万年沧桑的见证。多少爱情被冲刷了，大自然依旧纯净、透明、恒久。两个人在一起谈何容易，该努力还是要努力。"

辛乐面朝大海思考了两天，没打招呼就提前回去了。

后来我听说，辛乐又做了很多努力来挽救他的爱情，都石沉大海。

那段时间，辛乐出了本新书《你欠我一个有始无终的拥抱》，算是给这份爱情一个交代。

有一天，公司派我去首尔出差。上了飞机，我拿了份报纸盖在脸上佯装睡觉。

夏小羽走到我面前，彬彬有礼地问我有什么需要。

我不理睬。

夏小羽默不作声地走过我身边，我心里倒有些解气。

中途我去洗手间，经过走道边，发现夏小羽在认真地看书。她抬头看到是我，忙和我打招呼。

我挤出一个微笑，一句话也没说。

她有点尴尬地坐下来，落寞的眼神落在书上。

我看到书名是《你欠我一个有始无终的拥抱》。

封面写道："人之所以有两只胳膊，是为了拥抱心爱的人""承诺，往往就是一个骗子说给一个傻子听的"。

7

夏小羽从我的生活里销声匿迹，我问辛乐，他也不清楚。

就像这个城市里，我们很少听见鸟鸣和山泉的叮咚声，耳边却充斥着各种各样的机器轰鸣。飞机在跑道上起飞或者降落，行人匆匆而过，这里只是他们生活的中转站。生活中一个问题叠着一个问题，而我们生来就是要解决问题的。我们经历分别，经历痛苦，总想着用自己的身体给别人一个温暖的拥抱，让身边的人得到安慰。

生活中总会充斥着很多假象。而假象里，幸福和烦恼是对等的。

夏小羽葬礼那天，辛乐哭得像个孩子。他不清楚怎么会是这样。

小羽的遗物里，给他留了一封信：

对不起，这是我最不应该留给你的三个字。自从体检发现自己得了胃癌，我就反复问自己，为什么要连累一个爱我的人。我见过无数人在机场分别，有人拥抱，有人流泪。

乐乐，你知道人们在上海最怕的是什么吗？是没有人陪！因为这个城市连空气都是那么冷漠。但是你知道我最怕的是什么吗？就是怕你痛苦。我们每一次的相聚都是在吃饭，在不大的房子里，我习惯坐在沙发上抱着你，就连和你拌嘴，我都感觉很幸福。我知道我把你弄丢了，可我永远不想让你为我而哭，也不想看到你掉眼泪。他们说，眼泪是上辈子你欠我的拥抱。

我在天上飞的时候，一直在想要不要告诉你，但我不能这么自私。尽管我也会在承受不了的深夜里痛哭，埋怨老天的不公。但我也感恩我的生命里有你存在，是你让我知道爱一个人多么甜蜜。只是上天给我们相处的时间太少！辛乐，原谅我的自私，就让我今生欠你这个拥抱吧。

这是我第一次参加葬礼，一辈子都忘不了。

候机楼高大明亮，窗外阳光灿烂。当一个个体态轻盈的空中小姐穿过川流的人群，带着晴朗的高空气息向我走来时，我定睛凝视，除了看到阳光在她们美丽的脸上流溢，我还想到了一个女孩。

辛乐说，最珍贵的，就是喜欢的人在身边。

你在南方的艳阳里，大雪纷飞

听说，2012年12月21日世界将要毁灭，黄浦江面会全部结冰。我并不关心什么世界毁灭，我只记得，在这个城市，我弄丢了一个女人和一只狗。

1

我们是因为一只狗才认识的，我叫辛宇，狗的名字叫"到了"，"dollar"（美元）的谐音。

船过苏州河，泊于黄浦江边。汽笛悠长而沉闷，对岸陆家嘴钢铁森林的灯火在水面上反射出五颜六色的光。

曾经我有多着迷这样的夜晚。

最近，我搬进了静安区的新家，确切地说是半旧的家，因为它是二手房。我的东西不多，加起来也没储物柜这么大的空间贵。

过户完所有手续后，我给在浦东当老板的五毛打了电话，他是我在这座城市唯一的朋友。

2008年我站在东方明珠塔上，给远在北京的五毛打了个电话，五毛说："你丫站得挺高呀，能尿到黄浦江里了。"我笑骂他。丫就是一粗人，之后他就屁颠屁颠地来了上海。

五毛来了之后，我的生活发生了点变化。他一直和我合租在一个十平米的房子里，拉屎撒尿都在一起。

然而这次我没打通他电话，他的手机号停用了。霓虹灯下车水马龙，我看着堵车的风景，感到形单影只。

我白天没事，开着过年刚提的新车，带上"到了"去新房子。

我打算给它安一个新家，就在家里的阳台上。这么多年，它也算我的一个亲人。

"到了"是个男孩子，刚抱它回来时，还闹了个笑话。

那天周末，我逛宠物市场，瞅了半天，一水儿的品种狗，价格贵得让人绝望。正当我准备放弃时，发现有一狗贩子盯我的眼神跟盯狗似的。

狗贩子操着一口安徽口音："小伙子看看我的货吧，只剩这一个了。不是我跟你吹，它爸是漂洋过海借来的种，绝对是个纯种。"

我听完半信半疑地看了它一眼。

我观察着它，它还在睡梦中，浑然不知自己是个长工命，要被卖给大户人家。它的睡姿奔放，这点很像我。有一半舌头伸在外面，黝黑的鼻头湿漉漉的，我伸手摸它鼻子，它一个激灵睁开眼，瞪着黑葡萄般的大眼望着我，然后用柔软舌头舔我的手指，我顿时觉得母性泛滥，大喊："老板，就要它了。"

"一千块。"

我狐疑地问他："你确定它是纯种的？我要看看它的出生

证明。"

老板猥琐地看了看我："八百块拿去吧，我今天赶着回家呢。"

我把它领回来，坐上地铁，让它感受了一把来自"东方巴黎"的热情。

可是至今，我也不知道它的身世。

自从有了"到了"之后，我下班后的生活发生了很大变化。它总是睡在我床旁边，就地方便也在所难免。为此，我经常给它洗澡。它不爱叫，饿了就咬我的裤腿。从那以后，我的冰箱里多了火腿、鸡蛋、狗粮、甜甜圈。

直到它三个月大时，突然生病了。

那天晚上，我下班回到家，逗弄了它半天，我开玩笑骂它，它好像听懂我在说什么，害羞地用爪子挠我，我又指着它喊着公司领导的名字："瞧你那狗德行。"

"到了"摇摇尾巴，抱头趴在那里，沉默不语。

我玩累了，倒头睡去。

接下来两天"到了"开始厌食，这才引起了我的注意，我其实真的很粗心。发现它生病后，第二天特意给公司请了假，说是自己得了肠炎，然后带着它去了宠物医院。

去宠物医院的公交上，"到了"趴在我怀里，瞪着那双清澈的眼睛看看我，又看看身边的人，我的心被刺痛了一下，难过起来。在这个举目无亲的城市里，我突然觉得没有安全感。

找到一家大的宠物医院，"到了"见到了好多它的小伙伴时，表现出来的热情着实让我放心了不少。它的热情也有点像我，看到一只泰迪，着急泡妞，直接把我晾在了一边。

我在一旁听着一位年轻女医师的埋怨："你养它就要用心对它，要把它当作你的女朋友对待，这样才会增进你们的感情。"我插嘴说它是男的。

女医师转过身，眼睛狠狠地盯着我："男的怎么啦，现在男男结婚的都有。"

我无语，仔细打量了她一番，心里暗叫道，可惜了这么漂亮一妞儿。然后腆着笑脸忙问她："姑娘见过跟畜生结婚的呀？"

这下更是惹怒了她："你也是畜生呀，只不过比它高级一点罢了。"说着指了指"到了"。

只听她一声大叫："快，把狗抱走，那只泰迪是客户的，它这样勾引人家，客户该抱怨我了！"

"到了"可真是争气，正开心地强行与泰迪确立男女关系。

我站在一旁差点笑抽，有种看热闹不怕事儿大的心态，给女医师解释："你怎么忍心破坏一段美好爱情的发生。"

姑娘年龄和我相仿，眉目清秀，戴了一副很好看的无镜框眼镜。她突地脸红，小声抱怨我："你平常都教它些什么乱七八糟的？快把它抱过来，万一传染给泰迪，客户肯定骂我。"

我倒是一脸死猪不怕开水烫的架势，吹了个口哨，"到了"会意了一下，不好意思地摇着尾巴来到我面前。

姑娘脸当时就绿了。

"到了"得的是肠炎，可能是平时饮食不规律造成的，打完针姑娘就把我俩一块儿轰了出来。我着实为"到了"的情商感到高兴，于是发完朋友圈，就准备回家。

这时，姑娘跑出来喊我："忘了告诉你下周还要再打一针。这是我的联系方式，有什么事打我电话就行。"

我拿着她的名片正要说能不能给开一支，回头我自己给它打，姑娘已经跑进店里了。

"周周。"我念了两遍，这是人名吗？

2

2012年的上海发生了一件大事，对我来说，却是另一件事意义更大。

世博会在这里隆重举行，而我辞掉了工作出来单干。在辞职后的第二天，我带着"到了"回了趟老家。确切地说，是父母逼我回去相亲。临别回上海时，母亲说了句："你这怎么办呀？"

我指着"到了"说道："这不有它陪着我吗？"

再次回到上海，我准备为"到了"过它二岁的生日，特意邀请了五毛和他女朋友，哦，对了，还有周周。

"到了"个子长高了不少，褪了一层毛之后，换上了一身纯正的金黄色的毛发。

五毛那天特意从浦东赶来，依稀记得他开了辆凯迪拉克，车上坐着他的女友林夕，一个浓妆艳抹的妞儿。

周周同样花枝招展出现在我的面前，我着实咽了口唾沫。

我特意订了一个小蛋糕，上面只插了两根蜡烛。周周提议为"到了"唱生日歌，唱完生日歌，大家让"到了"表演一个节目。"到了"真是给我长脸，伸出前爪，疯狂地转圈圈为我们助兴，我和周周被逗得笑出泪来。

唯有林夕，脸贼臭，她一句话就破坏了气氛："小五，侬不知道我对动物过敏伐？"

五毛耷拉着头，埋怨我："你小子能不能靠点谱，来上海是养狗来啦？"数落完，五毛狗腿地搀着林夕走了。

送走他俩，周周比我还气愤，说："这人怎么这样呀！"无处撒气，就朝着"到了"骂道："瞧你那狗德行。"

我被她的话逗乐了，突然想起"到了"刚来家里时，我也将气撒到它身上。

周周接到电话说店里有事，准备要走。我忙招呼"到了"冲进里屋，周周一脸疑惑地看着我："辛宇，你干吗？"

这时，"到了"叼着一礼品盒趴在我面前，我示意它给周周。

周周打开礼盒后，脸红得跟西红柿似的，一句话都说不出。

我示意"到了"蹲坐在地，我也单膝下跪盯着周周说："周周，我们是因为它才认识的，如果有来生，我愿做你身边的'到了'，为你摇旗呐喊，被你呼来唤去。在这个孤独的城市，让我和'到了'一起陪着你，共同取暖。"

周周感动得泪湿眼眶，一把将"到了"抱起来，大声痛哭。

"你怎么跟辛宇学成了一个德行，就知道泡妞。"周周只顾和"到了"说话，我在旁边傻傻地看着她秀恩爱。

周周成了我名正言顺的女朋友，这是"到了"都能想到的事。

人都说情场得意，职场失意。半年后，我的设计公司倒闭，我也倒了下来。那天跟物业办完手续，一个人晃荡着去了黄浦江边。周周给我打了三次电话，都被我挂断。

我一个人喝得烂醉，打了个出租回到住处。"到了"在门口摇着尾巴盛情迎接我。此时，世博会盛情迎接着全球人。

我第一次看"到了"不顺眼，就是在那天晚上。我伸手打了它，它一直沉默不语，伸出双爪趴在阳台上闷闷不乐地看着窗外霓虹。

第二天，周周来找我，提议我先找份工作。我心里的怒火像是岩浆冲出地表，发疯似的喊："周周，我他妈才不愿意给人当孙子呢！老子就是饿死也不去！给人当孙子时间长了，还真以为自己就是孙子呢！"

周周气得直哭，她说："上海这么多打工仔，也没见几个成了真孙子。"

我懒得接她话茬，不想去搭理她。

周周哭着走了，房间一下子安静下来，只剩下我和"到了"。

时间仿佛在那一瞬间凝固了，我心里也空落落的，没了着落，没了盼头。此刻，我多希望"到了"能弄出点动静来，这样我至少知道自己没有死。

胡须在嘴唇下生机勃勃地生长着，建筑森林里正在上演着角逐游戏，我却像个败下阵来的逃兵，逃避着这一切。

过了几天，周周来看我，一进门就被熏得直往门外跑。她那天带了很多特色小吃、易拉罐啤酒，还有一个行李箱。"到了"似乎恢复了精神，尾随着周周在房间里来回转悠。

周周收拾完房间，将衣服泡在洗衣机里，让"到了"看着机器什么时候停转。"到了"显然很重视这次表现的机会，努力完成这个艰巨的任务。

衣服晾晒完后，周周一个人在厨房里忙东忙西，等饭菜上齐后，才把我从床上拉起来。

"到了"已经迫不及待地守候在餐桌旁。

我脸色阴沉地一屁股坐在桌子前，面对一桌子饭菜索然无味。

周周在一旁小心翼翼地说："我打算搬过来住。"

周周见我没说话，边给我夹菜，边喂"到了"。我突然吃起醋来，撂下筷子："你吃饭喂它干吗，人还吃不饱呢！"

周周不知所措地看着我，再也没动饭菜。

周周没能住下来，因为那晚我提出了分手。我记得她一个人不哭不闹坐到很晚，"到了"一直在旁边陪着，而我在屋里躺着。

周周临走给我留了字条：

　　　真心疼你每一步走得这么艰辛，把"到了"留给我吧。
对了，咱们相识这么久，你还没带我去逛逛呢，我想去佘山
露营、去外滩守夜，这是你欠我的。

"到了"离开我的那段日子，我彻底和周周断了联系，有几次我想去店里看它，但都忍住了。后来，我给五毛打电话，告诉他我最近的窘境。五毛让我带份简历去他们公司面试。

面试特别顺利，我被他安排做外贸专员，要经常去国外出差。

"我缺钱，所以才给金毛取名'到了'。"

飞机在平流层匀速飞行，高空下的上海有一种令人着迷的美。而我却在给一个陌生的外国人讲述"到了"名字的由来。

起飞、降落。

有次飞机迫降在了英国，我其实想去"到了"的家乡走走的。

半年后，我带着一百万美元的大单飞回了上海。当飞机停靠在机

场，突然有种到家的感觉，我终于还是忍不住拨了周周的电话。

这是分手后我第一次拨给她，显示停机。

去了公司，五毛不在公司，倒是见到了林夕。林夕作为公司的股东宴请了我，这让我很意外。

饭桌上，林夕开门见山道："五毛私接了公司的业务，带着一帮业务骨干，拉虎皮单干了。"

我眼珠子差点掉到桌子上。

林夕说："其实很久前就认识你了，五毛一直念叨你的长、你的短，以前觉得除了你人品还行，其他一无是处。"

我有些疑惑地问她："你跟五毛怎么样？"

林夕冷冷地说了句："他就是一个屁。"

林夕那晚喝了很多酒，我送她回家。林夕坐在副驾驶位置上冷不丁地冒出一句："做我男朋友吧。"

到了她家小区楼下，我才忍不住对她说："上海的夜景真美，但你却没这么美。"

第二天，我去周周工作的那家宠物医院，听她的同事说，她辞职回老家了。

我走出医院，欲哭无泪。

一切变化太快，犹如这座城市。

回到公司，我要回业务提成的钱，足足十万，辞职不干了。

我去了陆家嘴五毛新开的贸易公司苦等，总算见到活人了。

五毛看见我有点意外。

我说周周辞职回老家了。

五毛笑骂我是个傻子。五毛告诉我，周周来找过他，让他照看一条狗，他说她这人不靠谱，连一只狗都要别人给她养着。

我问他："狗呢。"

他想了想说："你要不和我一起干吧。"

3

2012年秋天，我做回了自己刚来这个城市的老本行，开出租。

每天在高架桥上穿梭，时间一晃而过。有时候，我看着这个城市在想，我们的生活变化太快，在这片建筑丛林里，动物们越来越凶猛。我每天见一万人，以为总能碰到一个愿意了解你的人，其实只是打个照面，就消失在人山人海。

后来，我打印了一份寻狗启事，闲暇之余一个人去了佘山露营，开车经过外滩时看会儿轮船发呆。刚来这座城市时跑出租，绕过这里，特希望跳上一艘海船，当一名舵手。因为有句话叫：大海航行靠舵手，万物生长靠太阳。

电影《海上钢琴师》里有句台词："城市那么大，看不到尽头，我停下来不是因为所见，是因为所不见，是因为看不见的东西。连绵不绝的城市什么都有，就是没有尽头，我需要看见世界的尽头。"其实，城市何尝不是一座孤岛。

那段时间，我经常接到陌生人电话，说是找到一只我描述的金毛，最后都不了了之。

听说，2012年12月21日世界将要毁灭，黄浦江面会全部结冰。我并不关心什么世界毁灭，我只记得，在这个城市，我弄丢了一个女人和一只狗。

听说，狗都是一样的。

2014年，我又去了宠物市场领养了一只金毛狗，名字也叫"到了"，我再没打过它。

最近"到了"生病了，我带着它去了同一家宠物医院。医生说，现在的宠物狗呀，真危险，前两天电视上还报道一只狗咬伤了路人。

我带着"到了"去了东方明珠，售票员说宠物不能带上去，我就给它买了一张成人票。

塔顶，"到了"迷茫地看着远处，我也一脸迷茫。

最近我喜欢上一首歌：

> 你在南方的艳阳里，大雪纷飞
>
> 我在北方的寒夜里，四季如春
>
> 如果天黑之前来得及
>
> 我要忘了你的眼睛
>
> 穷极一生，做不完一场梦
>
> ……

（《南山南》马頔）

只愿你留在身边

> 很容易找一个人陪你喝雪花啤酒，却很难遇到一个人陪你勇闯天涯。

1

老炮是个思念犯，说这话我不反对。

老炮是我一铁哥们，丫的嘴忒损。老炮不老，我们是同龄人。他面相长得比较老态，有种背包客特有的粗糙感，爱抽烟。老炮在一酒吧驻唱，老炮唱歌那真是老天赏饭——天赋异禀。

酒吧老板是去拉萨的路上和他搭伙上路的中年背包客。老板叫马条，听老板讲，老炮对他有救命之恩。

前段日子，女友毛毛嚷着要过恋爱一周年纪念日。毛毛是个美女，大学我花了一年多的时间才追到她。最终，毛毛自毕业就与我同甘共苦，所以我欠她的，需要拿惊喜补偿。

我与老炮商量此事，老炮看上去比我还上心，一副"这事包在我身上准没错"的姿态。

晚会安排在酒吧，老炮给全场情侣酒水免费，并为我俩准备了压轴曲目。我以为老炮会来首骚柔应景的《月亮代表我的心》，他却选择了一首写给千年男二的辛酸情歌《你怎么舍得我难过》，唱罢自觉不过瘾，又来了首《他不爱我》。

老炮一开嗓，我就知道他情绪失控了。声音撕心裂肺、令人肝肠寸断，在场的情侣们反应冷淡，没有感动到泪眼婆娑，反而一致送上白眼。毛毛的流星拳像雨点般砸到我身上。

我知道老炮这次搞砸了。老炮曾经告诉我，他出生那天只笑没哭，今天估计我要替他哭了。

老炮唱完高潮，一副意犹未尽模样，竟然挂出几滴泪花来。老炮无意间的搅局，让我很窝火。我急赤白脸地要扔酒瓶子。

老炮一脸歉意，重新唱了一首："找啊找啊找朋友，找到一个好朋友，亲亲嘴啊拉拉手，你是我的男朋友。"

毛毛又挥起流星拳砸在我身上，因为她已经笑抽了，并在旁边小声说："你朋友怎么这样呀？"

今晚找老炮帮忙，着实是我的错。下面的情侣嘘声一片，单身人士们敲桌砸瓶，场面躁了起来。这时，舞台上的老炮说："感谢这么多单身人士和情侣们的陪衬，下面请我的好朋友乐乐和毛毛发表获奖感言。"

面对此情此景，毛毛有点害羞，我也有些发怵。

老炮骂我："你丫矜持个屁啊，你不亲我可亲了啊。"

聚会收尾时，老炮笑吟吟把头伸在我俩中间说道："这地方，很容易找一个人陪你喝雪花啤酒，却很难遇到一个人陪你勇闯天涯。乐乐，女人就要惯着。"

毛毛今晚被他调侃得心花怒放，玩得很开心。我们坐地铁回住处时，毛毛完全不在乎人多拥挤。她问我："老炮这么有趣的人，怎么就没有女朋友？"我没有接她的话。人群像三文鱼逆流而上，我抱怨道："人忒多啊。"她还劝我："那我们攒钱买车吧。"

2

一年前，老炮也是用这番话泡上的火龙果。

火龙果发脾气，他哄着，要啥买啥，指哪打哪。我私底下骂老炮脑子是不是被炮轰过。

老炮说："她是真喜欢我唱歌，我忘不了她第一次眼泪汪汪叫'老炮威武'的那份真诚。"

老炮和火龙果热恋那会儿，天天换着花样唱情歌："火龙果你是我的妻哦，炮哥哥我是你的夫喽。""人人那个都说哎，火龙果是个好姑娘，沂蒙那个山上哎，有个好儿郎。"

老炮花光了攒了多年的积蓄，买了辆拉风的吉普，说是要带着火龙果勇闯天涯。

可不是，老炮跟酒吧老板撂挑子后，拉着火龙果沿着海边一路北上，放下豪言说要在他俩走过的每个地方，都为她唱一首深情的歌。

一个月后，老炮和火龙果回到上海。

火龙果因此背了学校处分，差点没能毕业。老炮说要天天去她系主任家踩点，要点他的炮。

最终火龙果顺利毕业，忙着找工作。

老炮看火龙果辛苦投简历面试的样子心疼了，终于有一天忍不住对火龙果说道："我养你吧。"

为此，老炮和酒吧老板商量投点钱，让火龙果帮着经营，其实就是打打杂。

火龙果有一票好朋友，她在毕业群里放话：凡是来酒吧玩的，一律七五折。

有段时间，她一帮大学朋友天天来泡吧，火龙果天天忙着作陪。

那天晚上，火龙果酒已经喝到嗓子眼了，旁边一男生还嚷着要酒。火龙果大喊："老炮上酒！"老炮终于火药上膛，冲着那位男生就喊："小子，有种咱俩单练，谁输谁滚蛋。"

火龙果那晚第一次朝老炮发了飙，非说老炮不给她留情面，抢着要帮那小子喝酒。

老炮那晚被那小子请了一票人打进医院，火龙果去医院看他后就分手了。

以老炮的身手不应该吃亏，可那次却偏偏认栽了。关于分手这事，老炮和我们只字未提。

半年后，酒吧生意惨淡，老炮去游山玩水晃荡了半年。

3

那天聚会结束后，老炮让我陪他回趟老家。我跟领导请了假，乐颠颠陪他疯几天。

晚上，他莫名其妙地熬到很晚，彻夜未眠。第二天起得比鸡早，早早捯饬完，把我叫起来。

老炮开着他的那辆拉风的吉普车，CD上膛，《国际歌》响起，我们拐上沪沈高速，沿途风光旖旎。

老炮说："你快看看这一路上风景，跟他娘的女人一样，有山有水。"我懒得理他，面对美景早已心旷神怡。他一路乱开，哪儿穷山恶水去哪里，为此我问候了他大爷很多次。

老炮说："我一定带你见见我大爷。"

车子开进了沂蒙山区，道路崎岖蜿蜒，视野变化万千。

老炮是沂蒙山区长大的，村里人都知道老炮在大城市混得有模有样。

晚饭是在他大爷家吃的，他大爷杀了只山羊，又亲自下厨做的手抓羊肉，野味十足，相当可口。酒足饭饱之后，他大爷带我们去了后山果林，非要我们带些野果子回去。我突然愧疚有跟他大爷发生关系的想法。我站在果林里，看红霞满天飞。我和老伯搭话："等我退了休就来这里给您种果园。"老伯露出一嘴黄牙，笑得一脸褶子。

老炮瞅着远处连绵的山丘，愣没接我话茬。

临走那天，老炮给他大爷留下一沓钱和几条好烟。

大爷抽着烟，说道："娃，你结婚的事还没办，我帮你存着。等你娶个城里姑娘，我就把后山上果树全卖了，在咱们村为你风风光光排个流水席。"

老炮闷声撂了一句话说："老爹，明年我就领着媳妇儿回来看您。"

老炮第一次在我面前落泪，像个孩子似的，号啕大哭。此时，CD播放着沂蒙山小调，车子在山里爬行。远处群山连绵，山上的人家早已不见了踪影。

老炮说："我从小是在老爹家长大的。在沂蒙山区有个习俗，来了客人一般吃兔子招待，只有贵宾来了才杀羊。一头羊在山区可以卖一千块，这也是老爹家唯一的经济来源，今天招待你吃烤全羊，说明你有面子。

"老爹生活不易，前年摘后山的果子，把腿摔折了，因为不舍得花钱治疗，至今也没好利索。我父母从小离异，都不见了踪影，老爹就像我的亲爸一样。混得好的那会儿，我开车来接老爹去上海看看，老爹说，我能娶个上海姑娘他这辈子就心安了。"

我问："为什么非要娶个上海姑娘？"

老炮有些腼腆地说道："老爹一直以为只要娶了上海姑娘，就有了上海户口，也就成了城市人。"

我一路沉默。接着，老炮顺路拐去了泰山。

老炮骗我说，泰山上有个泰山老奶奶，他要带我去祈福，求个国泰民安，小日子幸福美满。

我笑骂他："你丫又犯病了，竟信这些三俗的东西。"

他忙笑着解释说："泰山上看到的日出啊，其实是全国最早的。"

因为这个理由，我们俩呼哧呼哧爬了六个钟头，饥寒交迫地站在南天门上。

老炮说："上海物价才不叫贵，山顶上一桶泡面五十。"

最终，我们没有看到日出，却看到了云海。为此我抱怨老炮，老炮说："这生活呐，也讲究缘分，有些人一年爬五六趟都看不到，有的人来一次就看到了，你说巧不巧。"

下山的时候，我们腿肚儿打颤，呼哧呼哧停在了半山腰，老炮说："这棵歪脖许愿树上有一年前我和火龙果的信物。"

他非要爬这棵千年老树，找了半天，笑嘿嘿地拿着一块红布冲我招手。

回来路上，换我开车，老炮在后座一直傻笑。

我说："你丫邪灵附体了吧。"

老炮扔了一句话："其实，我相信一辈子就应该爱一个姑娘，我要和火龙果结婚生子。"

我说："炮哥，我应该给你发张好人卡挂脖子上，火龙果把你丫当个皮球踢了，你还要滚回去再给她踢。"

老炮说："说好的在一起，困难挺挺就过去了。再说，她也不是你们想的那样。"

原来火龙果去医院看老炮那次，火龙果哭着骂老炮："你怎么这么傻，为什么不还手？"

老炮躺在病床上略带心疼地看着火龙果，很突兀地问道："说说吧，你和那小子怎么回事？"

火龙果有些惊慌失措，不敢看老炮，但事到临头不得不说，原来那小子在大学时死追火龙果一年，追到手后就甩了她。火龙果说："我就是想问他，后不后悔我为他堕胎。"

老炮强忍着脸上的疼痛，嘴角的肌肉抽动着，他什么话也没说，只是按下了急救铃。

医生们还没来到病房，火龙果已经泣不成声。

火龙果临走时没了脾气，只对老炮说了一句："给我点时间。"

4

回到上海，我开始忙着工作，不时也会为工作压力和生活的琐事和毛毛拌嘴，忙着加班，忙着还房贷，忙得让我对生活没了脾气。

有一天，老炮突然来电话了。

我们在酒吧碰面，里面换了装潢，土豪金的墙面，迷离的镭射灯光打在身上，让人不免躁动，虽然格局俗气，但人气特旺，客人爆满。

我挤兑老炮："哥们儿改头换面重新做人呀？"

老炮脸上绽放出菊花笑来，特无耻地说道："哥们儿现在是这里的老板。"

我假装吃惊道："炮总，小弟这厢有礼了，敢问装修能不能再俗一点？"

老炮笑吟吟道："俗点好，这才是生活嘛。"

我一脸沉重，关切地说道："该找个嫂子了。"

老炮终于憋不住说道："你矜持个屁呀，我就等你这句话呢。"

这时，有个腰细腿细的美女过来搭讪："帅哥，欢迎来常坐。"

火龙果！！！

我们总会将生活想象成如诗般文艺，我们总会被眼前的琐事一叶障目。我回避成长，因为总会受伤。你将自己活成风景，在路上找到方向。原谅这个世界和自己，每个人都应该带上不同的疑惑上路。

爱情到来时，请深爱

> 总有些日子只有我们自己知道，比如谁的生日，比如某个初约的日子，它们的来临让我们坐立不安，仿佛墙上的自鸣钟在失眠的夜里敲响。

1

大学里不论男生还是女生，最感兴趣的莫过于爱情。男生们像一群不知疲倦的蜜蜂，采摘着祖国的花朵。在我看来，大学倒像是一个马场，转转圈溜达溜达就各奔天涯。

我眷恋上宿舍那张床的时候，小王说我得道成仙了。

毕业时候，全班组织晚上吃散伙饭，宿舍里哥几个"哼哼哈嘿"，对这种集体活动失去了兴趣。

纯情的小赵自从失恋之后，便躲在宿舍的风扇下继续恋爱。开始只是在网上YY，孤单的菜鸟最后找到了一个不是办法的办法，移情于网络游戏，从此物我两忘，半仙半鬼的生活着实恶心了一把我们。

还是说说刚来大学那会儿吧，这样的话我才不至于说得犯困。对于军训，其实我已没有了特别的印象，只记得清一色的迷彩服。那时候我一度对我们学校女生感到失望，看到的都是菜叶脸，平板身材没有曲线美，然而事实却给了我一个响亮的耳光，当她们换下军训服、化了淡妆出现时，我确实找个没人的地方抽了自己一个大嘴巴。

言归正传，军训生活让我们过了把当兵的瘾。有时也挺自责，心想如果祖国都是像我这样的孬兵，肯定扯社会主义的后腿。武的不行，文的就更不敢献拙了，我始终记得那句口号"是骡子是马咱拉出来溜溜"，检阅再次验证了我不是一匹好马。当我诚惶诚恐地想从同学身上学习，却发现原来是他娘的一路货色，一帮杂牌军。

2

为了晚上的散伙饭，宿舍五个人还是特意着装打扮了一下，想脱离杂牌军的队伍。至于有没有正规军，我们从不考究。胖子在一堆没洗的衣服里面，找了一件相对干净的直接套在身上，还不忘集宿舍所有装备于一身，头上打了发胶，身上喷了香水，找了双猥琐男的鞋子穿上。

饭局整体来说，算是规格最高、出席人数最全的一次。男生举杯豪饮，这会儿个个都知道怜香惜玉了，誓死为女同胞挡酒。女同学也不示弱抢着喝，纷纷为没发现身边有这么多好男人感到悔恨。大家都喝得相拥在一块儿称兄道弟，东倒西歪。

"恭喜咱们告别了这扯淡的大学时光，找不到工作的赶紧回家结婚生孩子去，可别给咱爸咱妈添堵。干杯！"班长收官之句道。

我笑着看着班里的林依，笑容估计很无耻。在我心里，林依是一颗无花果。

无花果是我的一个梦。不仅人漂亮，而且特有文艺范儿。为了她，我有了诗人的雅号，整得一个人文绉绉的，不知道的人还以为我长期看片导致的。

"你笑得那么邪恶干嘛，准没什么好事，是不是有什么阴谋？"无花果笑着骂我道。

"我这阴谋今天总算熬成阳谋了，今晚我要在这个人声鼎沸的地方为你念首诗。"

"那你就念吧，我会记在心里。"林依以为我在开玩笑。

"如果我是一条鱼

命运会赏赐给我一个鱼缸吗

如果我是一个人

孩子他妈会赏赐给我一个安稳的未来吗

……"

3

其实，那顿散伙饭是这样收场的。我大声朗诵我的诗，招来了很多臭骂。胖子说我真像傻子，我当下对他大打出手，场面失控。

胖子是我大学最要好的朋友，他说我俩是惺惺相惜，都喜欢摇滚、文学、旅行，为了共同的目标都打算毕业去北漂，我说我们这是臭味相投。胖子被我打得住进了医院，我酒醒后立刻去看他。他看到我第一句话就骂开了："他娘的为了一个女人跟我动手，日你大爷，你给老子滚，省得让我看见心烦！"我将身上唯一的那点钱扔给他，转身走了。

其实，我不恨胖子，我知道他心里怎么想的，我们大学三年一起做过的事比女朋友都多。毕业来得太快，我们都接受不了。我想在临毕业的时候摸一下爱情的尾巴，留点回忆，而胖子这些天苦闷的求职生活让他胡须疯长，他心里害怕了，他想一个人走自己的路。

4

终于，还是跟大学说了声再见。再见了，我的大学。

我坐上第5节车厢在旅行者的歌声中去了南京，然后苏州，然后上海。

林依是乘飞机去的美国，大约在她经停在首尔的时候，我正在给火车旁边座位上的一个女学生讲我们俩的故事。说到动情之处，她感动得热泪盈眶。这一路上，我遗失了一些美好和感伤。

胖子最终没有去首都北京过漂泊的生活，可能他已经忘了当初的梦想。胖子后来网上聊天时对我说："我们都开始老了。"我为此叼着烟泪流满面。

宿舍里的其他几个人就像人间蒸发了一样，再无音信。

还有，还有……林依估计在美国不错吧。真便宜了那帮美国佬，天天看美女。

说实在的，我有想过，我们毕业后这一年的生活，你可千万别问我生活的意义是什么，因为我也不知道这样的生活有什么意义。

5

在上海，我一个人住，仿佛一个人的江湖，鸡零狗碎的江湖。我喜欢听轻音乐了，认为摇滚乐和世界一样吵。我每年都会去看海，有人说，大海是一种天空蓝，大海证明一种爱叫深度爱。我每次看到大海都会热泪盈眶，因为我相信自己还很年轻。

总有些日子只有我们自己知道，比如谁的生日，比如某个初约的日子，它们的来临让我们坐立不安，仿佛墙上的自鸣钟在失眠的夜里敲响。

我在母亲节的前一天，给林依打了电话。那天，天空很蓝，阳光像暖色的咖啡。

日历在一天天变薄。有些日子，只有我们知道。

昨夜小雨，街旁的花店摆满了康乃馨，我开始想我的生命中最重要的两个女人。一个是世界上最爱我的，一个是我最爱的；一个我伴一生，一个伴我一生；一个渐渐失去，一个慢慢寻找，如此说来这爱是对等的，我似乎成为最幸福的人。

6

无花果打电话过来的时候，我已经在路上。我听不清她的言语，隐约听她说她面前是一片湖。我说："你在哪里，信号不好，听不清你说话。"说着，我跑着转圈试图寻找信号。

"我去了拉萨，你来找我吧。"这是我听到的唯一一句清晰的话。这就是我深爱的女人，但我从未说出过我的爱，母亲知道，无花果也知道吧。

我整理行囊去了一个完全陌生的地方，只因为我喜欢的女人在那里。

一路上遇到很多有趣的事，与素昧平生的两个行人结伴，在他们俩共同喜欢的地方下车，不论这个地方是否荒芜人烟。

还有，我碰见了一个江南大学的女孩，犹如江南般模样，眼睛迷离如水。她一路上讲着笑话，一个接一个，让我紧绷的心融化下来。她脱俗清丽，却也一个人。后来有几个北下的青年学生来搭讪，女孩子和他们聊得很开心。最后与我道别的时候，我才发现她真的是了无牵挂、无所顾虑地出行。

"后会有期"，这是她常挂嘴边的四个字。我也从没想过有多少缘分在里面。

7

到了拉萨，没有我想象的那样断绝红尘。无花果在此生病了，病了好几天。我没有想到高原上生病这么可怕。无花果见到我的第一夜，非要爬起来领着我找月下酒馆吃饭，我欣然答应。我们看到了仓央嘉措流传下来的爱情。只此我才感觉这里有了暖色，我有点喜欢。

拉萨是个干净的地方，人少，绿色植被少，却不少蓝色和白色。白云浮在远处的雪山上，像团棉絮。我们吃过晚饭天色已经很晚，没有娱乐活动，只有一轮明月。我说能看到月亮上的凹坑山，无花果坐在我旁边，看着月光哭得很伤心。我抱着她像是抱着我的孩子。无花果一把搂住我，将略带湿润的嘴唇贴向我，我第一次觉得两个人有着同样的呼吸。

第二天，无花果病重，我将她送去医院，心情莫名地阴郁起来。远处与房屋相邻的沙丘有着与她肤色相近的颜色，风沙摩擦声不绝于耳，这里像一座孤城。

医生说"是胸腔积水引发脑部积水"时的语气像是神湖平静的湖面。接着无花果一连三天昏迷，像是睡着了的雪山。我脑海里空白了好几次，不知道该做些什么，眼睛里满是沙丘。

8

我和无花果说话，她在我旁边还未睡醒，火车在沿着一条山脊快速前进，窗子上映着对面女孩恬静的脸，窗外山水飞奔着跑开了。我们已经坐了32个小时，我想无花果肯定饿了。我掏出我们俩都爱吃的牛肉干先吃了一口，转头递给身旁的无花果，却叫不醒她，就放在她旁边。

昏昏沉沉中，我醒了睡睡了醒，窗外有大片大片的树木、村庄、建筑、飞鸟、我熟悉的一切。我的心情好了点，感到对面有双眼睛一直注视着我，我转过头看着窗子，她的长发遮住了脸庞。

火车进站的声音响起来，我想叫醒身旁的无花果，让她别睡了。

这时，坐在对面的女孩走到我面前说道："你一直在和谁说话呢？"我看了看那女孩，原来就是江南大学的那个女孩。

我说："世界真小，我们又碰面了。"她帮我提起身旁座位上的背包，笑着说："你真是个有意思的人。"

我脑海里忽然画面翻卷，我只记得那片湖，平静的一汪水。我看了看女孩的眼睛，才明白原来那片湖在这里。

　　我认识一个南方女孩，这是个事实。

爱情互搏术

生活中，情趣大概就是半夜趁女朋友睡着录了她打呼噜的声音，第二天兴冲冲地播放给她听，然后被打了一顿；情味大概就是你在威胁之下只好删除录音，却偷偷做了拷贝，并将其设置成了手机铃声；情分大概就是两年以后你们因为某件事大吵一架，几近分手的边缘，下一秒，手机突然响了起来。

1

我有一对奇葩的朋友，男的叫马达，女的叫方可，他俩可真是一对活宝，相爱相杀，吵吵闹闹。马达叫我"哥们"，方可叫我"解闷儿"。两人对待我从不见外，开心起来捏脸拽耳朵，一人一面，我从不敢还手。

马达在一家互联网公司做"程序猿"，在他的世界观里，只有代码充满魔力，他从不允许自己出现bug。他常跟我打赌："你信不信，你更新下我的代码，这个问题就能迎刃而解？"

遇到恋爱问题，马达就一脸呆滞地找我咨询。他总是在解决问题后，一脸正经地说："术业有专攻。"对于他的领域我一窍不通，但我信他。

对于方可来说，我是连接她和马达的代码，只要出现了bug，他俩都会拿我是问。

所以没有bug的时候，我每晚都会对着床头大喊三声，感谢上帝赐予我平静的生活。

马达打我电话，猥琐地告诉我有喜事降临，我听他这偷偷摸摸的口气，掐指一算道："是不是和方可表白成功了？"

马达大吃一惊道："你怎么猜出来的？"

我胡扯说："昨晚我夜观紫微星，你命宫有化科，虽有爱神来临的预兆，但表白时一定太过紧张，舌头打卷。"

马达在电话那端顶礼膜拜，直呼我恋爱大神。

我给他出主意："虽说你表白成功，但需乘胜追击，若情话留在肚子里，那叫闷骚。"

马达完全听从我的建议。

饭局安排在烧烤店，我从方可那里打听到她经常和闺密一起来这家烧烤店。

夜色漫过街道，上班的人们都甩开一身疲惫，钻进各色餐厅，一饱口福。

我和马达打车提前到，订了包间。茶水喝了半饱，只见方可姗姗而来。

方可穿着比较正式，墨绿的套裙包着前凸后翘的丰满身材，俨然是很重视这次聚会。

我给马达使了个眼色，他便按照我们已经彩排过的套路，端茶倒水。

马达可能过于紧张，将"快喝点茶，一路辛苦了"直接说成"快别喝茶了，一路辛苦了"。

方可将刚喝半口的茶直接喷了马达一脸，她指着我大笑道："是不是你教的他这些套路？"

我看马达一身狼狈相，忙帮着圆话道："马达，快把你的bug处理一下。"

马达用手巾擦掉脸上的茶水，把菜单递给方可，并彬彬有礼道："主子，到用膳的时间了。"

方可被他拙劣的演技逗得前仰后合。我心里暗喜这事成了一半。

开始点菜，方可抱怨道："最近又多长了一斤肉，讨厌死了。"

按照国际惯例，马达应该夸上一句身材好之类的话才对，但这货倒好，愣是把方可的话当空气哈出去了。

方可推辞，让马达和我点。我没敢接话。

马达拿起菜单，气势堪比梁山好汉，直呼："老板，来十串烤鸡翅。"

方可在一旁忙说："大晚上别吃得太油腻。"我傻坐在一旁，没有插嘴。

马达看着菜单照点："再来十串烤大虾。"

我假装咳嗽了两声，给马达递眼色，马达全然不顾周围的气氛已经有点尴尬。

方可突然大喊："老板，来十串豆角。"

马达傻笑道："方可，今儿让你开开荤。"

方可扯着嗓子又是一声："再来十串烤大蒜。"

马达终于抬头看了看方可，扯了一张纸巾擦了擦鼻涕道："大蒜就不点了吧，口味重，熏得慌。"

方可说道："嫌熏得慌，就离我远点啊。"我有点坐不住了，眼看着火光四起，熊熊燃烧。

我忙问马达我吃什么，马达顺手将菜单递给我。我看都没看，直接将菜单递给方可："我听方可的。"

方可有点不好意思，假装谦让道："你爱吃什么我哪里知道？"

轮到方可点菜，香菇、豆皮各来十串。老板不知什么时候走进包厢，热情推荐今晚特色菜。

马达这人有个毛病，就是活得特仔细，从不吃亏。

有一次我们一块儿旅游住宾馆，旅游旺季客房紧张，房价特贵，只好和马达开了一个房间。当我洗完澡走出浴室，仿佛一下掉进了冰窟窿。我发现马达端坐在床上裹着被子瑟瑟发抖。我问他："你把空调开这么低干嘛？"他从被子里伸出头来，哆嗦着说道："我可要把房费赚回来。"

马达问老板："是什么菜？"

老板倒是热情好客的主儿，张口说道："羊鞭，买一送一。"

我一听脸差点绿了，忙招呼上菜，说不够再点。

方可低着头，一口接一口地喝茶。

马达对老板说："没事，尽管给我们上，吃不完我们打包。"

我用尽三十六计，也挽回不了马达作死的节奏。

方可终于忍不住，大声说道："你是不是故意的？"

马达脸色有些尴尬："方可，你不喜欢不让老板上就是了。"他越说越气人，方可在一旁作呕。

烧烤吃得并不顺利，让方可大为生气。这事就告一段落。

2

生活中，情趣大概就是半夜趁女朋友睡着录了她打呼噜的声音，第二天兴冲冲地播放给她听，然后被打了一顿；情味大概就是你在威胁之下只好删除录音，却偷偷做了拷贝，并将其设置成了手机铃声；情分就是两年以后你们因为某件事大吵一架，几近分手的边缘，下一秒，手机突然响了起来。

情话说少了会生分，说多了也会腻。何况是蠢成猪的马达说给方可这么聪明的女人。

马达说："在代码的世界里我能保证不出现bug，那么为何不用自己擅长的东西呢？"于是，把熬了几个通宵做好的视频发给我，我看后有点兴奋，拍手叫好。

我们来到方可住的小区门口，保安当即拦下了。我忙解释说："女朋友的电脑坏了，来送电脑呢。"保安还是不让进。

我指着马达说："他是一黑客，正在帮警察办案。"

保安用狐疑的目光扫了扫马达，问道："会修电脑吗？"

于是，马达这个技术工程师充当了一下网管，我们才被放进去。

马达打电话，方可穿着睡衣跑下来，看到马达后指责道："你是不是脑子少根筋啊，大晚上不睡觉，瞎跑来干嘛？"

马达不知哪来的智慧，回应道："我脑子不少筋，缺爱，方可，我爱你。"

方可被他猝不及防的情话当场打晕，羞红了脸，我站在一旁偷着乐。

马达说："方可，我知道我嘴笨，所以我只做不说，这是我送你的礼物。"

我赶紧打开电脑，连上投影仪。小区漆黑的墙上，被打上一束光，画面里走出一个小人，头戴紧箍咒，走着外八字，额头上刻着"马达"两个字，手里捧着一束花，周围的花海一直往后退。路的另一端，一个身披白衫的姑娘，额头上同样刻着"方可"二字，走着内八字款步而来。突然画面中的男子一个趔趄，差点绊倒，对面走过来的姑娘捂着嘴乐不可支。

此时，画面突然转变成沙漠，音乐背景已转换成《东邪西毒》里《追忆》的配乐，"马达"将手里的花递给"方可"，把她抱上一只骆驼的背，他牵着缰绳径直走进沙漠深处。

画面里"方可"问："马达，山的后面是什么？"

"马达"回："不知道，我们何不去看看呢。我要带着老婆闯荡江湖，行侠仗义。只要我们携手同心，一定可以到达。"

现实里方可盯着投影，脸上一会笑一会哭，看完后跑到马达面前，冲上去一把抱住马达，抱怨道："谁让你扮演洪七呢，你不是盖世英雄至尊宝吗？"

原来，他俩在电影院认识的，马达坐在方可后面。影院放映的是《东邪西毒》，电影散场时，方可哭成了泪人。她说，没有一个爱情是善终的。坐在后座的马达凑过头去，解释说："洪七带着老婆行侠仗义就是善终。虽然他出身不好，但他很努力，最终成就了九指神丐。"

3

方可竟然答应了马达的求婚，我暗骂，天雷地火一相逢，勾出多少情种。

马达准备买新房了，我说你俩真会做买卖。马达可以出钱，方可可以出力。

方可在一家地产公司做策划，平时风风火火、雷厉风行的性格深得领导赏识。方可说，养兵千日用兵一时，找找领导关系，肯定能买个地段好又省钱的房子。

我赶紧给他俩叩首道："我真佩服老天，竟然让这么会过日子的俩人凑到一块。还让不让来都市打拼的人活了。"

上海房价很贵，而且迎风涨。

俩人一商量，壮士断腕般买下了一百二十平新房。

我知道消息后，心生嫉妒，特意跑去新房里撒了泡尿。

马达不知从什么时候开始，甜言蜜语张口就来，什么老婆大人的话就是圣旨，小人只有领旨的份，没有抗命的胆。

我佯装生气道："马达，没看出来你小子找了个聪明老婆，智商见长啦，你已出师啦。"

他俩相视大笑，相互嘟了嘟嘴，做了个亲吻的表情。

新房装修，他俩找我设计。

马达喜欢欧式风格，方可喜欢小清新风格。

他俩吵得不可开交，我坐在一旁看笑话。

我开马达玩笑："你俩还没领结婚证，别擦枪走火，伤到自个儿。"

两人瞬时不吵了，矛头整齐划一地指向我："我们俩口子吵架碍着你干活了？"

我气得差点晕过去。

晚上在新房里吃饭，他俩竟然你一口我一口地喂对方。马达将一只剥好的油焖大虾从我眼前夹到方可的嘴边，方可撒娇道："老公，今天你更辛苦，还是你吃吧。"

马达说："老婆，你不吃，我也不吃。"

我被他俩这腻歪劲儿膈应了一身鸡皮疙瘩，用筷子迅速夹住那只油焖大虾跑开了。

4

都说秀恩爱死得快，这对活宝也没能幸免。

俩人为了一间婴儿房吵得面红耳赤。

马达说："婴儿房不能要插座，小孩子的好奇心旺盛，只要墙上有洞，他都想伸手抠一抠，所以要使用延长线路。"

方可回："你延长线路，整个房间不美观，市面上不是有保护插座吗？"

马达又说："地板最好用地板拼图，墙面要用环保型材料。你买的这些都不能用。"

干了一天，每个人的身体都极度疲惫，这也是情绪最容易崩溃的时候。方可终于忍受不了发飙道："你是不是嫌我特没用？"

马达用他理智的大脑，说了句不理智的话："你只是好心办了坏事。"

方可脱下脏衣服，发了疯似的大喊道："马达，你个王八蛋，你要是不想过，咱们现在就分手。"

马达不知从哪来的勇气，声音突然提高调道："我只是说出事实，你有什么好生气的？"

方可一脚踢倒油漆桶，拿着刷子在墙上胡乱地画，她竟然画了个王八。

马达见方可将昂贵的油漆踢倒，大脑也开始不听使唤，大吼道："方可，你再踢一个试试？"

方可二话不说，将完好无损的油漆桶一个个打开，直接倒在了地上。她一脸冷笑地看着马达，气得身体瑟瑟发抖。

我赶紧劝马达道："今天大家都累了，咱们先去吃饭，剩下的我明天一个人做。"

两人此时又默契地异口同声回答："不去。"

我见状也不好意思插嘴，安慰了方可几句就回去了。

第二天，我再去他们新房时，只剩马达一个人在忙。

我问："方可呢？"

马达说："分手了。"

我一怔，忙问："你俩咋闹这么大？"

马达站起来，指了指自己的脸，上面隐约可见一个掌痕。

马达说："方可扇的，我想不明白她为什么动手。"

我一脸吃惊道："你没怎么着她吧？"

马达说："我要动手的话，也太他妈不是人了。"

我问："方可什么态度？"

马达说："都怨我，一时兴起说了好多伤害她的话。"

我深知情话说一百遍，心上人才会听到心里。但伤人的话一旦说出口，一定是两败俱伤，肝肠寸断。

马达终于将新家装修好，按照方可说的方式，即使她的话本来是错的。

马达给方可打电话，关机。

马达去她住的小区找她，不见。

马达下了班去她公司门口等她，没影。

马达那晚喝得大醉，打电话问我："我是不是做错了？"

我说："你没错，就是说话太直接了，伤着方可的心了。"

马达一个大老爷们儿竟然开始抹眼泪，伤心地说道："在代码的世界里，所有的bug都难不倒我，为什么现实生活中我却不知所措呢？我也是为了我们的孩子考虑啊。"

我说："人心焐热难，浇凉可能就一句气话的事。你俩感情太顺了，经历点挫折是好事。"

他问："那我接下来该怎么办？"

我说："把浇凉的心焐热呗。"

马达那段时间整个人消瘦下来，走路像被风吹落的叶子一样无精打采。马达每天打一个电话，下了班先去她公司等，等不到又去小区楼下等。

事情一拖就过去了半个月。新家墙上的油漆早已干结，平整得像面镜子。我去马达住的地方，他在一遍遍地看电影《东邪西毒》。

我突然灵光一闪，忙问马达："你俩是不是看电影认识的？"

他喝了一口酒，漫不经心地回答我："是又咋的？"

我生气道："你要这样消沉下去，方可就真的回不来了。"

马达突然被打了兴奋剂般问我："方可还能回来？"

我说："事在人为，不试试怎么知道？"

马达说："这是洪七的台词。"

我说："对啊。"

他突然明白了，忙拉着我说："兄弟，我还需要你的帮忙。"

我说："义不容辞。"

马达将电脑敲得啪啪作响，我知道那是爱的音符。我们谁也不能保证爱情里不会出现bug，但只要我们不断完善它，待重启时，一切都会畅通。

大半夜，马达拉上我又去了方可小区，这次保安直接让我们进去了。

我说："这次保安这么痛快，是个好兆头。"

马达说："事在人为。"

我俩冒着被小区的狗追的风险，大喊大叫了半个钟头。

周围邻居都朝我们破口大骂，我笑着告诉马达："这些骂人的话，听着怎么样？"

"说实话，真想上去揍他们。"

我说："你能体会方可的痛苦了吧。"

马达"扑通"一声跪在那里，像是犯了滔天罪行的人在向上帝忏悔。

在爱情里，对待对方就应该像对待上帝一样虔诚。

方可最终还是出现在门口。马达上前去抱着她的腿不松手，我站在一旁傻笑。

"傻子，你把我勒疼了。赶紧起来，地上凉。"

马达说："地上一点都不凉。"

方可嗔怒道："那你躺在地上好了。"

马达随即躺在地上，像是被下了蛊似的。

方可"扑哧"笑道："我不生你气了，你起来吧。"

马达回："瞧你嘴硬，欠吻。"

方可笑着说："你五行里缺我。"

我看到他俩紧紧地搂在一起，顺手将电脑打开，投影上播放着这样一段话：

《东邪西毒》里，唯一一个爱情善终的人是洪七，因为他足够直接，面对爱情足够真诚。他不会考虑能不能得到，而只想去付出。我们每个人的感情里，怎么可能不会有bug，只要我们找出并完善它，一切问题都会迎刃而解。风未动，旗未动，只是人心在动。

感情生活里，爱情正如互搏术，左手画圆，右手画方，只有心无杂念，才能心神贯通，修成正果。

没有人宠，所以学会坚强

听说爱情很简单，只是我们变得复杂。爱情来临时我们满心欢喜，爱情离去时我们苦苦追寻，纵使跨越万水千山，而到达山的尽头，你才发现只有自己的背影。若有朝一日无处可寻，不妨站在原地，把自己变成一道风景，守得云开月明，枯木开花。

1

米琪从首尔打来电话时，哭哭啼啼得堪比孟姜女。平时她是那种光打雷不下雨的主儿，今儿却是风雨交加，电闪雷鸣。

"乐乐，你快帮帮我，我男朋友不要我了，他说我一点不温柔，一点不勤劳，他一点都不爱我。呜呜……"

我刚加班回来，累得元气散尽，纵使女友现在宽衣解带、激情诱惑，怕是也有心无力。不过，作为朋友圈里的情感咨询师，我也只能假装关心地问道："没准儿，你男友明儿一早又和你和好了呢。"

"你没准儿个屁，我男朋友最后的大招都使出来了，说我吃东西吧唧嘴，还说我强迫他吃不喜欢的。"

我好奇问她："他诬陷你了？"

"没有，我就觉得这怎么可能当作分手的借口？"米琪哭着说。

我安慰她先别哭，我给她男友乔一打个电话探探底。

米琪催我现在就打。我说："现在是北京时间午夜十二点，首尔不应该是凌晨一点吗。"

她毋庸置疑地回答说："是啊，但是我们夫妻吵架，哪能有隔夜仇？"

我在她的催促下挂了电话，拨通了乔一的电话。

乔一一听是我，带着睡梦中的惺忪说道："乐儿，你出什么事了？"

我顿时无语，心想这两口子都什么人呀，忙解释说："贱人福大命大，没什么值得您老挂碍。"

乔一也是毋庸置疑的口气说道："你就老实交代吧，咱们哥俩那是过命的交情。是不是把人肚子搞大了？"

"我去你大爷的过命交情，要不是看在你救我于危难，救济我吃三个月泡面的分上，我懒得管你俩这破事。你说，你俩又咋地啦？"

乔一听我恼羞成怒的口气，笑呵呵地回答："米琪给你打电话了吧，这丫头忒烦人，就那么大点破事，还没完没了了，这次必须分，天明就分。"

我一听，自己这和事佬当得里外不是人了，就痛骂乔一："你一大老爷们，非要跟她掰扯出道理来吗？凡事多忍忍就过去了。"

乔一听我这么一说，嗨，他还来劲了："乐儿，你肯定听了她的一面之词吧，我来给你捋顺一下啊。今天下了课，她嚷着要去吃海底捞，我就陪她去了。服务员端上来，她才说不吃葱，我就给服务员打招呼，服务员就一丁点一丁点地挑。谁知道她一把拦住服务员，我以为她是良心发现，结果你猜怎么着，她让我挑！"

"让你挑，你就挑呗，反正累不死你。"

乔一生气道："你怎么和她说的一模一样？我当时忍了，就耐着性子挑出来，她却在一旁吃得津津有味。我一看好吃的差不多被她吃完了，就点了一盘小虾，还没动筷子，她又让我剥虾，她喜欢吃的不给我吃，不喜欢吃的强迫我吃。最后一道菜是娃娃菜，她只吃上半截，要我把叶子和梗分开，她吃叶子我吃梗子。可是，你知道的，我从不吃梗子啊……"

我听得脑仁儿疼，信息量太大。插嘴说道："她也是从小家庭条件太好，被家里人惯坏了。"

乔一打断我，接着说道："你也知道我有一爱好，就是喜欢喝旺仔，她也喜欢喝。这也算是我俩唯一的共同爱好吧，可是每次带两瓶都是她的。下次带三瓶，总有一瓶是我的吧，但还是她的。"

我完全被他俩这种吃货心理打败，插嘴道："你们俩远渡重洋，要相互照顾。"就挂了电话。

2

大概过了一星期，米琪给我打电话，这次没哭，上来就骂："你人怎么这样啊，你是不是早盼着我俩分呢，这下你如愿以偿了。"

我被她一顿骂，脑子赶紧开启飞行模式，问她："你俩怎么了？"

"他个忘恩负义的东西，回国了。"

我赶紧询问道："乔一回国怎么没告诉我？"

原来，乔一拿到庆熙大学的学士学位后，让自己的父母在上海安排了一份工作后，就回来了。

乔一前脚刚到上海，米琪后脚也踏上返回上海的飞机。

我去虹桥机场接米琪，米琪下了飞机看到我后，就问我乔一在哪。

晚上，乔一组织聚会庆祝毕业归来，我前去赴约。

乔一叫上自己的朋友开了个包厢，喝酒、聊天、胡侃、打屁，玩得不亦乐乎。

米琪不知怎地就杀了进来。

我赶紧拉着米琪坐下来，假装罚她喝酒。

米琪站起身，端起酒杯准备一饮而尽时，却做了个大家意想不到的事。她将酒水猛地泼到乔一的身上。

乔一一身酒水呆愣地坐在那里，等他反应过来时，米琪已经走出包厢。

大家也不欢而散。

3

作为他俩爱情短跑的见证者，我打一开始就不看好。

米琪从小父母离异，养成了很多坏毛病，个性又特别霸道。乔一算是性格比较尿，爸妈做生意。据说，乔一见米琪第一面，被迷得魂不守舍。

米琪自从进了继父家，天天生事，从不让自己闲着。继父为了不见到她，将她送去韩国读书。乔一听说后，直接也过去了。

刚开始，乔一的语言课特差，除了简单的几句韩国问候语外，一窍不通。

为了能进庆熙大学陪米琪，他上了半年的辅导班，最终考进庆熙大学。乔一那阵子天天隔着太平洋跟我吹，米琪这好那好。

我说，情人眼里出西施，西施不见得就是你的菜。

乔一说："我感觉自己生活里不能没有她。"

我问他："人对你什么态度？"

"嘿嘿，好着呢。"

4

米琪最终又回到首尔接着读大学，我很久没有她的音信。倒是三天两头跟乔一碰面，后来由于工作忙，日子过得昼夜颠倒，见面的机会也少了。

临近冬至时，米琪给我打电话。

我说："小公主，又遇到情感困惑了？"

米琪说："今年首尔特别冷，这里下了大雪，想问问你上海下雪了吗？"

我说："你等着，我去看看。"

"甭看了，我知道没下雪。"

我心想，靠，你几个意思啊。

米琪再没提乔一的事，只是不停地说，首尔的年轻人生活压力挺大的。

她说："告诉你一个特别吓人的事，我们学校有个师哥毕业没能进三星公司实习自杀了。"

我开玩笑道："那算什么，国内的富士康都十连跳了，估计还是309B的姿势。"

她呵呵地笑了笑说："谢谢你乐乐，陪我聊天。之前自己身上太多毛病。"

我有点不好意思，忙说："其实，你在我眼里就是个没长大的妹妹。"

米琪说："我现在每天下了课，晚上去咖啡厅做兼职，因为里面有个长腿哥哥。"

我嘲笑她花痴，她说："我为了多看他一眼，才做这份兼职呢。"

其实，分手后的很长一段时间，米琪都适应不了。失眠，一个人去吃海底捞，吃着吃着就莫名其妙地哭起来。她突然觉得生活的世界变得陌生，冰冷。再也没有人愿意包容她的霸道和坏脾气。她有时觉得漂在异乡，真的好孤独。

隔壁住着的单身男子，总喜欢半夜敲她的门，她也会准备一把刀放在枕头下。

一个人吃饭，一个人上课，一个人逛街，仿佛这个世界只剩下自己。

一个星期后，乔一给我打电话说，米琪的继父和她妈妈离婚了。

我突然好像明白了什么。

此时的上海，潮湿的冷风从海上刮来，星星点点的雪花洒满整个外滩，街道上开始挂起了彩灯，橱窗里播放着圣诞歌。

　　此时的首尔，米琪在一家咖啡店做兼职还没下班，她看着伫立在窗外的圣诞树，哼唱着七公主的那首圣诞歌。

　　后来，米琪毕业后留在了韩国，成了一个工作狂。她每年回国时，也会给大家带上一些小礼物。"大家要加油哦。""韩国欧巴卸了妆，其实也没这么帅。""最近，首尔的房价又涨了。"她俨然成了话痨。

漂，才是年轻人的生活

其实，生活也讲究瓜熟蒂落的自然过程，年轻时没有走过这么远的路、看过不同的风景，你就不会明白，哪样的生活适合你。

世上没有一个人是单纯为物质而活，他们都有自己心中的采菊东篱。这个世界带不走的东西太多，能带走的，唯有经历。

舒欣是我认识的异性朋友里最有个性的一位。

双肩背包，帆步鞋，头戴森海塞尔耳机，手拿iPad平板，衣着潮流，外表酷炫，发型偏中性，但她确实是女儿身。

舒欣在地铁、公交上班下班的路上，从不喜欢与人搭讪，只是不停戳着电脑，时不时会停下来环顾周围。

我好奇的是，像她这种范儿，下了班会不会亲自下厨房做饭，会不会一个人躺在床上思春？

我们认识实属偶然，以我对女性的幻想标准，身材最好胸大翘臀，声音最好发嗲卖萌，下半身最好丝袜高跟，而她哪一点都不符合。

我自己开了个工作室，靠朋友接济，接些影视海报方面的小活，自给自足，不麻烦社会和组织。因为业务量不大，自己从来都是外包。

舒欣就是这样让我舒心的，设计费用报价低，时间短。忘了说，她是一名设计师。

某天，华灯初上，我堵在高架上时，闲得蛋蛋长毛，又恐路燥症发作，遂在群里发了个"快看我嫌弃你们"的表情，有字有图，有挑逗，有狂躁。

突然有人发了个"静静看人装×"，配图是静静坐在车顶上，看着高架上的长龙，颇有大片即视感。

我看后，发了个苦笑，并表示示好的信号。

于是，群里其他人忙活开了："我在地铁里挤成狗。"

"我在吃泡面加班累成狗。"

看到大家吐苦水，我笑成狗。于是，发了个狗在囧途作为结束语，准备下高架。一路上手机像电动马达，群里高潮不断。

回到家，我打开手机，笑乐了。一副巨型海报上，一只带着眼镜的狗坐在不同的空间里，办公室、地铁、飞机上。标语是：单身狗的世界从不寂寞。

我灵机一动，忙发了个："美女，这图有存稿的话，私聊我。"

于是，洗漱拉屎放屁完，躺在床上才看到一个头像闪个不停。

我忙说："你帮我设计一张海报吧，钱好说。"

那边发来一句话："那就先挑好说的谈，这是我的名片。"

我一看，高级设计师的头衔，便一副奴才模样问道："美女，我这有一案子，要得急，能不能帮我设计一下？"

"咱俩认识吗？帮你谈不上，要谈的话，钱说了算。"

我一愣，这姑娘也太直接了吧，保健服务还讲究迂回一下，才奔主题。

我说："你活怎么样啊？"

舒欣听出了我使坏，大骂："你把我当成做什么的啦？"

为了表示道歉诚意，我要求打开视频，想到晚上能看到妹子不一样的一面，强硬地要求。

舒欣敢开视频，使我始料未及。当我看到那发型时说道："哥们儿，装什么玩意儿，你以为我同性恋啊。"

舒欣挺了挺胸说道："我是姐们儿，没长眼啊？"

我差点笑岔气。

舒欣看我一脸欠抽的表情说道："老娘分分钟都是钱，没时间陪你免费看病。"

我一听这姑娘一上来，嘴忒毒，忙和她聊正事，问她有个私活要不要做。

舒欣说："把要求发过来，我今晚就帮你赶出来。"

我说："效率是可以，质量行不行？"

舒欣立即换了一个腔调："亲，您作为我的客户，保证改到让您满意为止。"

其实，我相信她水平的，故意刁难她："不满意我可不付钱。"

舒欣挤了个微笑道："这是您的权利。"

于是，我通过微信给她发了个二百元的红包作为订金，舒欣回了个笑脸："谢谢小主打赏，那我就忙工作了，回聊。"

关了视频，我暗自惊叹，她这人什么星座啊，人格转化也太快了。

半夜两点，我手机响了，舒欣发了只有黑眼圈的狗，拱手捧着一张海报。

我笑得睡意全无，打开海报来看，十分满意。

我故意点出海报上人物的脸不够光滑，要求再改改。

舒欣点开视频远程操控了我的电脑，指着男主角脸上的磨砂感解释道："沙漠里细皮嫩肉的，哪有阳刚之气，非要整得跟你似的？"

我不服气地说："我不够爷们儿吗？像你这样的女汉子选手，我一晚上能让你高潮三次。"

舒欣脸一红，说道："狗狗思春不见君，嘴上功夫显高深，其实就是一弯的。"

我被她反唇相讥得无话可说。立马将剩下的二千五百元打了过去，还不忘调侃，这是给你的服务费。

舒欣收到红包，发个龇牙表情，睡觉去了。

我起身走到阳台，点了一根烟。看着夜景，突然被她骂爽了，心里觉得身边缺了一个姑娘。

舒欣设计的海报，出其不意地成功。我在微信里夸她，她一句话也没回。

后来，我想出一法子，说有一私活，价格便宜，要不要做。

舒欣果真出现，一如既往地言简意赅："接！"

于是，我装作和她探讨这次海报的设计灵感。

舒欣听得很认真。

我说："你的设计里，缺少一点暖色的东西。"

舒欣回："是！"

我说："你缺乏对细节生活的把握。"

她接着回："是！"

我开始怀疑她是不是设置了自动回复。

我有点不高兴，试探地说道："你吃饭了吗？"

"没有！"

我这才放心。

后来一段日子，我的很多私活都交给她做。

那段时间我经常逛她空间找灵感，舒欣拍摄的图片都是关于这个城市的一点一滴。古朴的老弄堂，早晨沐浴阳光的匆匆路人，拥挤地铁里神色各异的上班族。

有次，我问她，怎么没有自己的照片。

于是那段时间，舒欣贴了很多自己的照片。站在地铁口，戴着大耳机，双肩包，帆布鞋，齐刘海，阳光的笑脸。有一张穿着长裙，上身牛仔的照片让我心里一阵不平静。

我笑问她："你还能穿裙子？"

舒欣自信地说："我穿给自己看不行吗？"

我恭维道："漂亮！"

舒欣说："得了吧，思春哥。"

我那天下班后，一个人撸串觉得没劲，就约舒欣。

舒欣正一边抱着电脑看艺术片，一边设计图纸。她说："我没时间，晚上还要加班，你就摇个妹子吃吧。"

我生气地说道："我是那种随便的人吗？"

舒欣说道："吃饭有什么意思，我是不想浪费在这种无聊的事上面。"

我有点生气，说："我无聊！"遂挂了电话。

舒欣获得了设计圈年度大奖，我认为是情理之中的事，但确实为她骄傲。

这个城市给予年轻人的都是一样。有人忙碌得不知所措，有人焦虑，有人迷茫。这里充满不安稳，充满压力。

舒欣说："自从来到这个城市，我已经很知足，这里可以过自己的小日子。房租涨价的时候，我就拼命接活，多赚钱。我一直清楚，这是我喜欢的生活里的一部分。这里有八百万年轻人，都在这个城市里像沸腾的水一样，不停地冒泡。你不会浪费太多时间做不喜欢的事。有的人工作不开心，但下了班可以选择去过自己想过的生活。"

有段时间，舒欣辞去了年薪三十万的工作。一个人带上攻略，说是环游中国去采风。

她告诉我说，工作没了可以再找，但想出去的那份勇气可不是随时都有的。顺便可以充充电，如果碰巧遇到一个不错的人，就在小城定居。反正年轻人就应该像水一样，是流动的。生活哪有标准可言，不分对错，喜欢了就去过。

这种年轻的激情，没了就没了。

舒欣去了内蒙，让她理解原来还有一种生活是粗粝的。

去了丽江，才相信爱情在一个特定的环境里，一点就着，容易勾出一夜情。

去了西藏，才相信原来心中有信仰，活着有希望，人才不会焦虑。

漂了大半年，她又回到上海。

我说："你转了一圈又回到了起点，你不害怕吗？"

她说："地理上可以称为是起点，但心态上已经是在路上。"

我问她："路上就没有发生过一夜情？"

她说："干吗告诉你，思春哥。"

其实，生活也讲究瓜熟蒂落的自然过程，年轻时没有走过这么远的路、看过不同的风景，你就不会明白，哪样一种生活适合你。

世上没有一个人是单纯为物质而活，他们都有自己心中的采菊东篱。这个世界带不走的东西太多，能带走的，唯有经历。

舒欣在群里发了一张她长发飘飘的照片，大家惊呼："哇，女汉子都能出落成这样，整容技术太发达了吧！"

只有我心里清楚，舒欣一直在改变，所以才会让人惊喜。

舒欣成了群里单身狗们的梦中情人，有天群里管理员李梦跟我说："我打算追舒欣。"

我说："要不要帮忙？"

他说："怎么帮？"

我说："让大家在群里集体为你俩刷屏。"

李梦感动地说："群主，就算追不上我也值了。"

结果，确实没追上。

究其原因，李梦刚进一家大企业天南海北地飞。

我说："等你再飞回来时接着追。"

李梦在远离上海的西部小城，忍受着空虚寂寞冷，终于等到了凯旋而归。回来后，李梦想法成熟多了，关于爱情、婚姻、责任、家庭，每一样都要用心经营。

我问李梦："你还敢追吗？"

李梦说："那有啥不敢？"

于是，在一个忙碌的晚上，我堵在高架上时，李梦在群里高喊："如果生活是水，那爱情就是沸腾的水。如果生活在漂，那你就是我想靠岸的地方。"

于是，我赶紧发言："快看我羡慕你们的表情。"

接着，小春发言："我在加班的夜晚，看到幸福。"

二狗发言："地铁里约妹子，就像开往生活深处，高潮不断。"

舒欣迟迟不来，大家一阵嘘声。

只见群里舒欣发言："静静累了，选择靠岸。"

群里一片欢呼，我带头发红包。

一个个红包砸过来。

我们分明感受到，在不同空间里的年轻灵魂在火热地跳动。这一切充满希望，让我们在忙碌中感受生活的美好。

考拉和树懒的爱情

　　生活中，爱情不止一次，就像吃掉树上新鲜的树叶，还会长出新的来。如果不舍得吃，只能饿死自己。

1

　　"考拉和树懒到底谁更懒？"

　　许木木一脸无辜地看着安静，认真回答道："树懒吧！"

　　这是我们聚餐必点的环节。许木木原名许向前，他是我的同事。

　　有一次同事们聚餐后，有一个女同事醉意阑珊地走到他面前，问道："你为什么说是树懒而不是考拉呢？"

　　场面有些尴尬，而许向前怒目横对，拿起一瓶啤酒，一口气干掉，顿时眼前天旋地转，七八荤素。我们在一旁起哄说："许木木，树懒和考拉是天生一对！"

　　终于，许木木盯着安静，满脸通红地说道："安静，我在你眼里真的是这么奇丑无比吗？"

大家对这个笑话百听不厌，而许木木每次都是大家的开心果。

考拉，人们亲切地把它称为"懒汉"。生性懒惰，喜欢白天在树上呼呼大睡。这种动物的嗅觉和听力都很敏锐，平衡能力很强，喜欢独居，没有固定的窝。生来胆小，一受到惊吓就连哭带叫，声音好像刚出生不久的婴儿。性情温驯，行动迟缓，从不对其他动物构成威胁。它的长相滑稽、娇憨，是一种惹人喜爱的观赏动物。

据说，许木木天生懒惰。老板让加班，大家忙活完建议出去聚餐，唯有他屁股都不挪一下，还振振有词："考拉已开启睡眠状态。"

许木木深得老板和大家的喜爱，不仅因为他性情温顺，主要是不对大家构成威胁。他让职场生活变得不再那么紧绷绷的。

又一个深夜，加完班大家说一起去吃夜宵。许木木眉目含情地说道："安静，我坐你车行吗？"

安静扔下手里的文案，恶狠狠地说："你说我怎么这么命苦呢，改个破文案已经第七次了。考拉，今晚你要能帮我搞定，本小姐破例带你一次。"

木木说："能边吃边想吗？"

许木木又朝我求助地说道："乐哥，你觉得呢？"

我看了看安静，说道："吃人嘴短，安静你就依了考拉吧。"

2

安静开着她那辆MINI缓缓驶进夜色。木木有路盲症，本想指手画脚，刷一下自己的存在感，可却搭不上话。到了一红灯，安静一脚刹车没踩稳，过了斑马线。安静着急下车看了看，然后整个人心情都不好了。

"又要扣两分，罚二百元。啊，再扣两分我就要重考了。"

许木木在一旁插嘴道："没事，我帮你。"

安静将车停靠在路边，我也紧随其后。安静嚷着说："我的车可是'别摸我'，你最好离我远点。"

这家街边烧烤摊，味道正宗。用许木木的话说，能够这么用心做烧烤的人，心里都有一种情怀，说不定背后就是一个凄美的爱情故事。

为此，安静在一旁笑得花枝乱颤。我们和许木木打赌，今晚谁输谁买单。

许木木咂摸咂摸嘴，说道："你们要是不想买单直说嘛，我就不忍心让那种小人得志的嘴脸落在地上。"

安静倒是来了兴致，嚷着将老板拉了过来。

"老板，你这手艺足够找个星级饭店上班了，怎么就屈尊贵宝地了？"

老板操着一口河南方言说道："我是从农村小地方来的，找个体面的工作多不容易。"说完，准备又去忙活。

安静不依不饶道："那老板的女朋友做什么呢？"

老板说："哪有什么女朋友，现在光棍一条。"看着老板欲言又止的样子，我插嘴道："老板，你应该读过大学吧？"

老板露出怀念的眼神，一屁股坐在我们桌前，说道："我是郑大毕业的，毕业后本来打算在郑州找个体面的工作，那时刚谈了个女朋友。说要我来上海陪她。我一咬牙就来了。"

许向前沉默了半天，终于憋出一句话："后来呢？"

"后来，她跟一大她18岁的浙江老板跑了。"

我们面面相觑，沉默不语。

许木木突然插嘴道："真不知道她为了啥抛弃你？"

老板倒是见过世面的人，笑哈哈地说道："生活嘛，说来容易，过起来都是钱的事。"

许木木说道："女人其实是食肉动物，看起来温顺，做出来的事很冷血。"

一旁的安静听得直打哆嗦，忙说："考拉，待会儿你不许吃烤肉，只准吃青菜。"

许木木被这么一个故事搞得心情大坏，简单地吃了几口后，从背包里拿出自己的驾驶证扔给安静，头也不回地摆着手走了。

安静大喊："考拉，谢了。明儿请你吃大餐。"

3

许木木生性并没有这么懒惰。三年前刚来公司时，他虽说不是那种特帅的款儿，但气质逼人，憨态可掬，很招女孩喜欢。许木木也是为了女友方方的一个电话，就来了上海。

毕业生找工作没有那么容易，工资不高，工作累到吐血。主要是，跟这个漂亮的城市格格不入，没有尊严。

方方做了许木木的女友总共一年零一个月。许木木没想到来这里工作的第一个月，他们就分手了。

许木木为了找到工作，早晨四五点就跑起来，洗漱完毕后，到楼下的早餐店只买一份早餐，这一份是为方方买的。他自己出门前喝了一肚子凉茶就忙着去坐地铁。

方方起来后，看到桌子上的早餐，嘴里嘟囔着："买这么早干嘛，一点都不新鲜。"

许木木每天地铁加公交的，天天去挤招聘会，半个月瘦了五斤，他通过公司的面试后第一个打给他的女友。

方方接通电话，小声回避说："我正在开会呢。"

许木木那天独自一人坐在空荡的公交上，看着窗外的霓虹，第一次说喜欢这个城市。而夜灯下的方方，正和别人坐在高档的餐厅里共进晚餐，这些许木木一无所知。

许木木拿到第一个月工资后，我拉着他，说让他请客。其实，只是想让他和大家交流一下感情。

许木木那天回到家后，发现屋子里少了一些东西，阳台上的胸罩内衣也不见了。

许木木第一个想到的是，家里招贼了。他赶紧拨通方方的电话，方方冷冷地说了句："我们分手吧。"

许木木挂掉电话才明白过来眼前发生的一切。像只考拉一样，双手抱着头躺在沙发上，眼泪哗哗地流。

4

这个城市太大了，如果不刻意去找人，或许碰面的机会也没有。

许木木一个星期就养成了考拉的习惯。独居，夜里睡不着。

然后，许木木从此爱上了加班。

公司年会，许木木拿到的奖金最多。领导让他上台发表演讲，他面带羞涩地说道："我给大家讲个笑话吧。

"从前有一只考拉特别懒惰，整天趴在树上。有一天，一只树懒过来问它，你说咱俩谁最懒？考拉抬了抬头，一句话没说，倒头睡了过去。树懒吓坏了，以为考拉生气了，在一旁束手无措。第二天，考拉睡醒后，看了看一旁的树懒说：'小样，想占我的树睡觉，没门。'"

所有人都被他逗乐了，许木木缓慢地说了声："最后它们生活在了一起，过上了幸福的生活。"

许木木那晚回到住处，一个人躺在沙发上，心里默默流泪。他再也不能和方方争沙发了。考拉和树懒的故事，她恐怕再也听不到了。

安静是那次年会里，笑得最开心的一个。她突然觉得平时木木讷讷的许向前，幽默感爆棚。每次加班完吃夜宵就问许木木：

"考拉怎么就瞧上树懒的？树懒其丑无比啊？"

许木木总是标准回答："狗熊临死前也是这么想的。"

安静嚷嚷着要打许木木："你才笨死的呢。"

加班的次数多了，我发现了一个苗头。办公室恋情这种俗梗出现了，而且，火势燎原。

安静借着上次许木木帮她消分的由头，说是感谢他要送他回家。

许木木听到的第一反应是："别闹，考拉会乖的。"

安静是本地人，家境不错，父母是做生意的。她出来上班，纯属为了拓展交际圈，和世界接轨。

有天，安静邀请大家参加她的生日聚会，大家都去了。地点选在安静家的别墅里。

觥筹交错之际，我凑到许木木跟前说道："木木，你的好运来了。"

许向前呆呆地说道："啥意思？"

这时，安静拖着礼服走到许向前的跟前，一脸兴奋地说道："今天我要宣布一个好消息，许向前做我男朋友吧。"

许木木一脸惊愕，连连摆手："别闹，考拉会乖的。"

大家一起起哄。

许木木怕安静不好收场，忙解释道："安静逗大家开心呢。毛毛熊会乖乖的呢。"

大家哄然大笑。

安静突然喝止住大家，看着许向前，说道："谁跟你讲笑话呢。我喜欢你，你难道看不出来吗？"

许木木脸上更是一阵醉酒时的红晕。

安静眼里柔波四起，许木木面露木讷，大家跟着起哄。似乎这个时候，才是生活的巅峰。幸福会让人眩晕。

许木木一脸正色道："安静，你很优秀，我只是只考拉，根本配不上你。"

安静在众目睽睽之下，落荒而逃，结果不欢而散。

5

不久，安静就辞职了。临走时，许木木送给了她一只考拉。

临近公司评比，大家暗地里较劲，这让职场里的硝烟还那么重。

经过大家互投，许木木荣升为策划总监。这也是大家希望看到的局面。

许木木除了拿的钱多了，承担的压力更大了，其他一切都没有变。加完班后，大家一股脑去聚餐，最后许木木总会去买单。

那次公司刚来一个女同事，加完班去聚餐，女同事被我逗得笑趴过去。

"考拉和树懒到底谁更懒？"

许木木一脸无辜地看着大家，认真回答道："树懒吧！"

女同事一脸礼貌地说："对不起，许总，我不是故意问的。"

许木木看了看我，笑得很腼腆。我似乎明白了什么。

6

安排许木木和安静见面是我张罗的。

我骗安静说，自己升职加薪了，想请她庆祝一下。

安静说，许向前最近还好吗？

我说，他现在可惨了。

安静光彩照人地出现在我和许木木跟前时，我看到许木木的眼里一亮，充满了光。

安静跟我道喜完，安安静静地坐在许木木对面吃着。

许木木说："我给大家讲个笑话吧。"

安静说："我不听。"

我在一旁添油加醋道："考拉和树懒的故事吧？"

许木木说："他们后来的故事。"

我饶有兴致地看着木木说道："赶紧的。"

"考拉和树懒生活在了一起才发现，他们只能生活在树上，从不愿下到地面。地面上有食肉动物，他们怕彼此受伤，所以从不愿彼此为了对方牺牲。"

我似乎听出了别的意思，正好女友林夏打我电话，我示意了一下就先走了。

据后来许木木说，人的生活中，爱情不止一次，就像树上新鲜的树叶被吃掉，还会长出新的来。如果不舍得吃，只能饿死自己。

有次，我问他，考拉和树懒在一起了吗？

许木木说："当你走进一家店，手机自动连上Wi-Fi，你会爱上这家店吗？"

我点了点头笑道："他们的习性一样，应该会吧。"

Chapter Three
难熬的日子哭出声来

不 想 与 你 相 见 恨 早
Don't wanna meet you too early

谁不想过一种叶草丰茂的生活？知道自己还能痛快地
哭，释怀地笑，何尝不是幸福？生活赐我以痛，我要报
之以歌。以你之名，赐我浮灯。我将勇敢前行。

难熬的日子哭出声来

哭吧，这是你的权利，无论外面世事沧桑，还是他人冷眼嘲笑，它们终将逝去，就像在那个小城，你每天都可以看到全国最早的日出。

1

不少人知道这个北方海滨小城——日照。

听当地的渔民说，在这里的沙滩上，可以看到全中国最早的日出。这里有木质的打渔船，还有平静的海面，偶尔有美丽的海鸟为我们唱着歌谣。

倘若不是我的很多第一次留在这里，我是不愿去描述它的，因为它是我选择终老的地方。

我是特别喜欢火车的人，主要原因是穷，坐火车能免费看到不同的风景。

"你有没有过那种感觉，想挖个洞把自己藏起来，等全世界都安静了再出来。"

2015年的春末，我半夜一点收到杂草蕾发来的微信，实在有点欣喜若狂。

至今，我已经单恋她四年了。毕业那天，我曾信誓旦旦地告诉她，无论我在哪个城市，有事只要招呼一声，我立刻会飞到她身边。

我记得那天车站两旁的树叶像是阳气散尽、无精打采。而我望着倒退的风景，眼神里似乎出现一片海水，荡起了层层波澜。我曾幻想过无数次这样的画面。火车将要进站时，杂草蕾抱着我的脸使劲咬了一口，她为了我将化了淡妆的脸哭花了。

我们没有分手吻别的电影场景，甚至她连一句关心的话都没有，可能在她心里我从没重要过。

杂草蕾突然联系我，是因为她处在崩溃期。男朋友抛弃了她，祸不单行，母亲也发生意外去世了。

杂草蕾坐在开往她们山村老家的汽车上给我发信息，她一直在重复一句话："我没有妈妈了。"

我拨通了她的电话，听到那陌生中带着熟悉气息的声音，落了泪。

我说："蕾蕾你别急，有我呢。"其实，我的心也像被锥子狠狠地扎了一下，流血不止。为什么生活一下子将快乐的人变成这样，她是这么脆弱和需要保护。

等她到了家，我问她要了银行卡号，开始她不给，最后却同意了。

她现在需要钱，因为她最亲的人需要入土为安。

我没有坐飞机回去，因为我没有能力抛弃现在的生活。我在这个无情又繁华的城市里，只是一滴水，一滴水能解渴吗？

下了班，回到住处，我关了灯端坐在电脑旁，缓缓地点起一根烟，在腾起的烟雾里思考我的灵魂，离地三尺，它是那么轻，轻到连泪水流过脸颊都没有知觉。

杂草蕾选择王欣的时候，我就知道他们迟早会分开的，不是我有什么先见之明，而是我觉得爱情就像死亡一样，总会剧终。

杂草蕾比我想象中坚强，没有哭。

她问我："你那个时候为什么不阻拦我。"

我说："瞧你那天被表白后，那一脸傻缺样我就来气。"

杂草蕾反问我："那时候你不是喜欢我吗？"

"是啊，喜欢看着你和他走进小宾馆，喜欢看你和他像啃果冻似地亲嘴，啃个没完。"

"你咋知道？"

"你大爷，杂草蕾！"

杂草蕾其实叫吴蕾，人不漂亮，皮肤却很白。她是个勤工俭学的姑娘，我们相识实属偶然。

那天下了晚自习后，我因为拉肚子去了男厕所蹲马桶。这时，我看见一个人影推开门径直走了进来，手执一个拖把突然出现在我面前，我吃惊道："你怎么来男厕所拖地？"

她有点慌张地说："今天该我执勤。"

我显然没她淡定，谁让我暴露在她面前。

杂草蕾用拖把挡着我重要的部位发号施令："赶紧穿上裤子。"

我像个被警察抓到的小偷，顺从地提起裤子，她一把拉住我，义正言辞地说道："今晚的事你要是敢说出去，我就杀人灭口。"

我头点得跟捣药似的，慌忙答应，仓皇而逃。

2

这件事给我留下了阴影，再也不敢在人前小便，宿舍几个家伙猥琐地看着我："你是不是做变性手术啦？"

"我去你大爷！"

我从此恨上了杂草蕾，遂天天在校园里找她。下了晚自习后，我偷偷在洗手间里堵她，一无所获。

再次见到她是在校园运动会上，她作为领操站在众人面前。

我坐在天台上，看她扭怩作态地跳着广场舞，心里别扭极了。

这世上怎么还有这样的女孩，拿出风头当爱好，真作！不过，我还是盯着她那双大白腿看个不停。

运动会结束后，我正式开始疯狂地追求她。

然而，她真忙，忙着勤工俭学，忙着参加学校的朗诵比赛，忙着泡图书馆。我就成了个小跟班，天天尾随其后。

她装作若无其事的样子，对我不闻不问。

盼星星盼月亮，盼到期末考试，我挂了科，而她考了年级第一，拿到奖学金。

我沮丧地准备着补考，再没心思追她了。

她拿到奖学金那天，特意去了趟图书馆找到我，说："晚上请你吃饭吧。"

我心想，老子吃不起一顿饭，还让你救济啊，就对她说："你还是留着自己用吧，勤工俭学的滋味不好受吧。"

杂草蕾看也不看我径直走了，留下一句话："我在'老地方'饭店等你。"

晚上，我还真是鬼迷心窍并且有点出于恬不知耻的心理，特想和她共进晚餐。遂就去赴约。

场面没我想象的浪漫，因为在场还有一个男生。

那顿饭，我吃得浑浑噩噩索然无味，不知怎么结束的。

我说："吴蕾，你什么意思？整天天上一半，地上一半，说你他妈最忙了。"

吴蕾说："你是不是喝多了？"

我说："跟你旁边这家伙喝，喝不趴下他，我就是你孙子。"

那个男生想揍我，被吴蕾挡着了。

吴蕾提议要送我，我神志不清地嘲笑说："你算我什么人啊，你凭什么送我？"

吴蕾对旁边的那个男生嘀咕了什么，男生就走了。

吴蕾扶着我一句话也不说。

我生气地甩开她说："你是不是特有成就感，你知道我喜欢你，为什么还叫来一个男生陪你。"

吴蕾蹲了下来，旋即"哇"地哭出声来。

我一看这阵势，心里有些不知所措。

哭够了，吴蕾站起来看着我说："其实你不了解我，别人看我活得像棵杂草，性格要强，表面什么也不在乎，其实我也渴望一份爱情。我也想像你们一样，只是安安静静地享受学生时光，偶尔谈个恋爱。"

我突然意识到，这像极了一个告别仪式。我不清楚要告别什么，或者会失去什么，但我的心里一阵轰塌。

吴蕾望着我，眼光迷离，眼睛慢慢闭起来，她轻声说："我欠你的。"

我口渴得厉害，一把吻住她的嘴唇，狠狠地咬着她，恍惚间我像是吃了一口果冻。

吴蕾第二天就和那个男生成双成对地出入了。

我像个小偷似的，尾随了他们一阵子，直到他领着杂草蕾走进小宾馆，我觉得一切都结束了。

毕业前夕，我帮她搬完家后，大度地说："杂草蕾，以后有什么事都可以找我。"

3

此时，上海阴霾的天空飘起了小雨，真像一种仪式。

她在QQ上留言说：年轻总要遇到人渣，才明白谁是那个对的人。

我看后失声痛哭，窗外高铁拖着一节节车厢的人，开往不同的目的地，他们或许还没泯灭对生活的热情吧。

我坐在装饰典雅的咖啡厅里，脑海里思绪万千。

那个像果冻的吻，或许就是我的初恋吧。一切都会过去，当你习惯一个人走在漆黑如水的夜里，一个人走成一支队伍，你会害怕往后看，只能往前走。

我给她回了个信息："找个好人嫁了吧。"

那边很久都没回。我猜她或许在哭。

杂草蕾说，她已经辞了工作，离开了那个美丽的海滨小城。

我问她："你接下来怎么安排。"

她说家里催她相亲呢，她打算去大山里的小村庄做个幼儿老师。

我说："你最大的梦想就是陪着孩子们，终能如偿所愿。"

她说："我就觉得这段日子特别难捱，不知道怎么度过，所以想问问你。"

我说："想哭你就哭出来吧。"

她很久没回我的信息。

有首歌唱道："我们在蓝色海上漂，躲在她的怀抱，海浪在身边微微笑，笑着一切还早还早。握你的手，我们告别了喧嚣，就这样老去好不好，融化风雨，搭一座爱的浮桥，把心灵交给你依靠。"（《我们在蓝色的海上飘》庞龙）

杂草蕾说过："我真想做一棵海边的椰子树，而不是一棵杂草。然而我不适应海水，只能在淡水里存活。"

我说："谁不是一棵杂草呢，你可以一直面朝大海春暖花开，而我在这个建筑森林里，早已忘了自己是个什么东西。"

哭吧，这是你的权利，无论外面世事沧桑，还是他人冷眼嘲笑，它们终将逝去，就像在那个小城，你每天都可以看到全国最早的日出。

不是我爱装，而是你幼稚

> 真正让我们快乐的是不动声色的内心自由，而成长就是，我已经寻找到了快乐的方式，而你还在幼稚地努力让别人以为你是快乐的。

1

我性格偏高冷，说话却很热情，外人的看法对我越来越淡，自己越来越注重内心。而毕业后的生活压力，像潮水般扑面而来，我就像一个旱鸭子，时刻有着溺水的危险。

一切都始于母亲给我介绍的结婚对象。

那天我像平常一样下班回家，母亲笑吟吟地跑到我面前，递给我一张照片并问道："是不是现在的女孩子都修照片啊？"

我定睛打量了一下照片，一个略显青涩的剪刀手，一张姣好的面孔，青春靓丽，粉嫩的皮肤能捏出水来。我问道："这还是个学生吧？"

母亲眼神里满是惊喜："这你也能看出来？人家都大三了，还有一年就要毕业。"

我用狐疑的眼光看着我妈："你不会又要让我帮人介绍工作吧？"

我妈笑呵呵地跑进厨房，小心翼翼地端出我喜欢的糖醋排骨、番茄炒蛋、酸辣土豆丝。我嘴馋道："是不是打算收买我，我可宁死不从。"

我妈倒是宠辱不惊，老谋深算道："你个小王八蛋，我管你吃管你喝，还不能对你有点企图心。"

我被老妈逗乐了，忙洗手准备蹭吃蹭喝。吃饭前，我妈端出我爸的相片来，听我妈说，父亲为了陪客户喝酒，干了二斤白的，高度酒精中毒，抢救无效。

因为父亲是喝酒走的，此后，我一闻到酒就会吐。

我没有去医院看父亲，那天放学我一个人回家，我妈没去接我。父亲走的那天，只有我妈在身边。我妈说，父亲给我留了遗言，但我问她是什么，她都会说等你长大了再说。

我打心里是记恨父亲的，关于他的印象，我甚至是模糊的。只记得那年，他带着我去旅游，因为我太小，在人群中走丢了，一个人在石阶旁哭得没人样。后来，我爸找到我，直接上来一顿痛揍。父亲严厉，这是他给我的印象。

我长大些，才知道什么是相依为命。老妈是又当爹又当妈，含辛茹苦地把我拉扯大。这些都是我后来养了一条狗，才明白养活一个人更加不容易。所以，凡事我都会听老妈的。

老妈一个人撑着服装生意，却也干得风生水起。我大学毕业那段时间，老妈一直喊累，说想退休。我大学学的是设计，正好可以帮助老妈。所以，正式接过担子。

老妈在家闲下来后，和我抱怨家里太清净，我就招呼她的老朋友去我家做客。然而时间一长，我看出老妈又不开心了。原来，她的老朋友聊起家长里短，谁家女儿嫁得好，谁家儿子出国了，谁家儿子结婚了，谁家孙子都会跑了。

老妈闲不住了，就发动她的老朋友给我介绍对象。我不敢反对，但也确实没有时间去处理这些。

2

第一个相亲对象被我妈领到家，我很热情地配合。

说实话，我们谈得还不错，我们有着共同的兴趣。她有份稳定的工作，而且有个很不错的爱好，她热爱公益。

我们相谈甚欢，老妈准备了一桌好饭招待她。吃饭前，老妈将父亲的照片端出来，还在他的照片前放了一双筷子和盛好的饭。

我察觉到姑娘有点不自然，赶紧解释说："这是我们家的老传统，父亲去世得早，希望你不要介意。"

吃过饭后，我送她去楼下，女孩扭捏地说道："我真的忍受不了将死人的照片摆出来一起吃饭。"

我心中大惊，委婉地问她："你这么热衷公益的人，肯定是个有爱心的人吧。"

她反驳道："哎，我做公益完全是为了我单位评职称。希望你不要介意。"

说实话，我相当介意这件事，我不再联系她。老妈倒是很热情地问东问西，我告诉她事实后，老妈有些伤感，想要改掉这个习惯。

我说："别啊，这个姑娘不是咱家的人。"

第一次相亲失败，对我的打击不大，倒是让老妈寝食不安，于是家里聚会又热闹了。我为此找借口天天加班，很晚才回家。

直到她递给我这张照片，我才明白这事逃是逃不过了。

女孩叫周雨洁，父母都是下岗职工。听老妈说，她和雨洁的妈妈那是铁瓷的交情。雨洁妈见过我几次，执意要将雨洁介绍给我。

有了周雨洁的微信号和电话号码后，我没怎么联系过她，因为身边的事太忙。

老妈说："你可别拿工作当借口，不然生意关闭，你先成家咱再立业。"在老妈的威胁下，我只能妥协。

我和雨洁约了一个周末去咖啡厅坐坐。由于客户临时联系要改变方案，我去晚了。

雨洁一个人坐在那里，嘟着小嘴气呼呼地看着我道："你就是我妈说的青年才俊啊。"

我笑道："夸大其词啦。"

她说："我也觉得是。"

我问她想吃点什么，她说已经吃好了。为此，我有些过意不去，打算请她看电影。她倒是很爽快，一口答应。

我坐在偌大空旷的电影院陪她看《京城八十一号》，她在一旁又是哭又是笑又是捂眼睛。走出电影院，她埋怨我无聊，看个电影一点反应没有。

我说，我更喜欢文艺片。她哈哈笑着说我是闷骚男。我纠正了一下，我是文艺男。

雨洁性格很开朗，作为学生她的心思单纯、干净。生活得毫无压力。

我们见面的次数逐渐增多，感情确实好了起来。

只是，她动不动会半夜打电话。有一次，她半夜三点打来电话，说自己痛经得厉害，需要去医院。我赶紧开车去她学校，见了面后才发现只是她开了个玩笑。她见我风尘仆仆地赶来，笑得前俯后合。

我心里有点不舒服，但只是告诉她以后不要开这种玩笑。

3

雨洁临近毕业，和同学吃散伙饭喝大了。我跑去接她。

周围的同学跟着起哄，非要我亲她来证明我俩的关系，我没有这样做。她又哭又笑地说："从此时此刻起，你不再是我的男朋友。"

场面很尴尬。而我觉得这只是年轻人的嬉闹，没有在意。

这时，周雨洁做了个很大胆的举动，让我很吃惊。她搂过身边的男同学，两个人抱在一起热吻。我站在一旁说道："闹够了，就送你回家。"

那个被亲吻的男生有些不好意思，说道："哥们儿，别介意，这只是个玩笑。"

我上去一拳，拉着周雨洁走了出去。

周雨洁酒醒的第二天，给我道歉。我说没事。

后来，我托人给她安排了工作。她很感激，非说要以身相许。我说："你没喝醉吧？"

她说："你是不是不行？"

我说："这事真的不行，我可是要娶你的，咱们来日方长。"

周雨洁去我们家吃过几次饭后，我妈就喜欢上她了，嚷着要我们快点结婚。

我说："好。"

周雨洁说："不好。"

周雨洁的工作出现了问题，她执意要辞职。说上司眼里容不得她。我告诉她，在职场上大家都是凭能力生存，只要你将工作做好，不会有人专门欺负你。

周雨洁说："老娘忍不了她们了。"

我说："你要平常心对待工作，重要的是开心和学到东西。"

为此，她和我大吵了一架。我说："那你辞职吧。"

她真的就辞职了。

辞职后，她天天去我那里玩，看着我设计衣服图案，到裁剪样衣，到做出来，每一个步骤都用尽了心血。

周雨洁对服装设计没有兴趣，我也不打算让她学。我问她真正的兴趣是什么，她有些生气，说："我就喜欢玩。"

我建议她可以从事旅游方面的工作。

她说："你是不是不愿意养我？"

我说："你不工作不无聊吗？"

她很确定地点了点头。

于是，她爱干嘛干嘛，我全力配合。其实我心里清楚，刚毕业的年轻人都会好高骛远，心浮气躁，不大愿意去沉下心做一件事。那是因为，她还没找到自己喜欢的事业。

有一天，周雨洁说她想开咖啡店。我表示反对。

她很不高兴，问我为什么。

我问她："咖啡豆哪里产的最好？原料怎么进？员工怎么管理？"她摇头表示一无所知。

我说："你只要下定决心做，我愿意支持你。"

过了两天，她泄气了，跑到我这里来，大发脾气地说道："我觉得你这个人太没趣了，一点都不浪漫。除了工作，你懂什么？我受够了，我要和你分手。"

我沉默了很久，问她："如果你想好了，我就答应你。"

后来，周雨洁的母亲生病了，要做手术。大半夜雨洁哭着给我打电话，不知所措。我安慰她别急，到医院守在她母亲的病床前一天一夜。

那两天，我胡子拉碴。周雨洁有些心疼地看着我说："辛苦你了。"

手术很顺利，只是还需要在医院调养几天。

我每天下了班后，就去医院看她妈。

有一次开车上班的路上，我看到一个母亲带着儿子去上学。小男孩哭哭啼啼地说，想买变形金刚限量版。显然孩子的母亲买不了，但母亲一直安慰儿子。生活中，很多事不是拼尽全力，我们就能拥有。

雨洁经历了母亲生病后，改变了很多。事实上，经历是最能改变一个人的，我指的不是本性，而是生活的习性。

雨洁说："以前看你挺无趣的，好像生活是机械的。除了工作和生活，也不怎么会娱乐。"

我说："不是我爱装，真正让我们快乐的是不动声色的内心自由，而成长就是，我已经寻找到了快乐的方式，而你还在幼稚地努力让别人以为你是快乐的。"

不是我爱装，而是你还幼稚。

雨洁说："那你就陪幼稚的我，一起成长吧。"

我心里快乐起来，因为我知道她是爱我的。

我不喜欢这世界，只喜欢你

　　每一个光彩照人的背后，都有一个咬紧牙关的灵魂，想
要活成一个真正有形的人，而不是一摊肉、一团混乱不堪的
情绪。

1

最近，艾小米天天早晨迷瞪着眼醒来，第一件事就是朝着床脚的
西面念叨阿弥陀佛。

"不上班，不上班，不上班。"重要的事念三遍。

结果，到了公司一切照旧。

网站编辑的工作，让她觉得自己就像干保洁的阿姨，一天到晚复
制粘贴，她都快成贴膏药的了。

"老娘是干这个的料吗？天天去其他网站复制文章，好歹自己
也是中文系毕业的，你们有没有考虑我的感受？"艾小米捶着脑袋
叫苦。

一不做二不休，艾小米分分钟写好请假条，理由是：精神紊乱，内分泌失调。

她暗笑自己，这种工作做久了，编瞎话跟吃饭似的。

不知有没有人像她一样，想得多又瞎乐观，通常休假第一天就已经想好了假期要怎么过，如果她是演员，肯定还没进剧组就已经想好颁奖典礼穿什么裙子，并默默背完十份领奖词。

结果，艾小米瞎猫碰上个死耗子，领导那天心情不错，颇有大赦天下之架势，临了还问："一个星期够吗，不够我给你加，在家好好养病。女孩子这个年纪，找个男朋友就没事了。"

艾小米当时感动到愿意以身相许，不过这事会被大家视为小三上位，淹死在唾沫里，想想还是算了。

2

回到家，艾小米给闺密发了个信息："今晚本宫要母仪天下，雨露均沾。"

闺密回了句："别作妖，快说人话。"

艾小米被伤得元气尽失，说道："亲爱哒，晚上想吃点啥，我去菜场买菜。"

等待闺密下班时，艾小米坐在一桌子饭菜面前，成就感爆棚。她平生最崇尚的生活方式就是聚餐、看片、死宅。

闺密名叫乔乔，服装设计师一枚。平时喜欢打扮，穿着时尚。当时艾小米在网上发布合租信息后，跟王宝钏思夫似的，苦等不见有人来应征。最后，她修改了很多苛刻条件，最重要的一点却保留了下来：必须是单身。

乔乔刚搬进来时，由于工作关系，总是看不惯艾小米穿衣打扮，总说："你这样子哪个男人敢收了你。"

艾小米回击道："你就那么盼我名花有主，好独占这后宫啊。"

乔乔无奈摇头，只好臣服。两人刚合住的第一个月，那简直有点老死不相往来的意思，为了水电费均摊，都会用计算机算半天。

艾小米委屈地说："算这么清楚干吗？咱俩再这样下去，连朋友都做不了了。"

有次下班，正赶上下大雨，再勾兑些秋日的冷风，让人分分钟感冒。艾小米工作的单位离家近些，所以没怎么淋到雨。

到了夜里九点，雨势渐大，见乔乔还没回来，她就赶紧给乔乔打电话，电话那头，乔乔哆哆嗦嗦地说："小米，我被困在了地铁口，你能不能来接我？"

艾小米说："棒槌，打车呀。"

乔乔有点不好意思地说："钱包落公司了。"

艾小米思夫之心迫切，忙说："赶紧将地点发来。"

这雨没有感情地下着，艾小米打了车去接她，车子穿过影影绰绰的灯光和人流，让人有了一种归家的企盼。

将乔乔接到家，艾小米赶紧跑去厨房，又是切姜丝，又是找红糖。

乔乔坐在客厅的沙发上，喊了一句："小米，谢谢啊。"声音里有一丝颤抖。

艾小米乐呵呵捧着刚做的姜茶给乔乔："你这么见外，我们怎么成为朋友。"

乔乔站起来一把搂住艾小米，泪眼婆娑。

"瞧你把我也整矫情了。"小米擦掉眼角的泪水说道。

晚上，小米非要去乔乔的房间睡，乔乔假装嫌弃地撇嘴："我性取向可是很正常。想睡我的男人多了，还轮不到你呢。"

就这样，她们天雷勾地火地成为了无话不聊的闺密。

3

艾小米等到九点半，还没见乔乔回来，打她电话关机。于是，一个人吃了点米饭，将菜放进冰箱后，洗漱完躺在床上听歌，看片，姿势由半躺变成四仰八叉，熬不过去就睡着了。

半夜，小米去洗手间，听到乔乔房间里有声响，虽然声音不大，成年人一听就知道什么事。

艾小米吓得差点喊出来，她捂着嘴回了自己的房间。

天亮后，艾小米九点多才起床，乔乔已经准备好了早餐。

艾小米迷瞪着睡眼，趿拉着拖鞋走到客厅，看见乔乔坐在沙发上安静地看着杂志。

"你怎么没去上班？"她俩可真够有默契，连问话都异口同声。

"我……我请假了，在家休息。"

"我……我今天调休。"乔乔看起来更没底气一些。

"那赶紧洗漱吃饭吧。有你最爱吃的西蓝花。"

艾小米假装问道："昨天等你很晚，也没等到就先睡了。你在加班吧？"

乔乔脸上有些不自然道："嗯。回来晚，也没叫你。"

"哦，是吗？"

"嗯，是呀。"

小米吃完饭陪着乔乔坐在沙发上："我打算换工作了。"

"换工作嘛，又不是换男朋友，该换就换。"

小米委屈道："换了工作，可能一段时间又要忙碌。我最害怕新环境了，每一次都跟痛经似的特别难受。"

乔乔看着杂志，脸上泛起困意。

"我要先睡会儿，昨晚加班太累了。"乔乔趴在沙发上准备打盹。

艾小米不知从哪来的无名火，一把将乔乔拉起来，问道："你带人来家里过夜，为什么瞒着我？"

乔乔一脸震惊，然后很平静地说道："他是我男朋友。"

"那你也应该告诉我呀，毕竟这是咱俩的私人空间。"

"我怕你多想，所以让他早晨三点就走了。"

艾小米伤心地哭了："你为什么要瞒着我，咱们可是最好的闺密啊。"

乔乔看着伤心的小米说道："对不起小米，要不我搬出去住好了。"

就是这话，让艾小米彻底失去理智，大喊道："你走啊，我肯定不拦着你！"

乔乔委屈地说："小米，你不能这样对我。"

下午，乔乔的男友就来了，将乔乔的行李打包，找了个快递公司运走了。

4

乔乔搬走后，艾小米哭了一天，彻底辞了工作。

待在房子里，电脑循环播放李志的那首《关于郑州的记忆》。

关于郑州我知道的不多

为了爱情曾经去过那里

多少次在火车上路过这城市

一个人悄悄地想起她

她说她喜欢郑州冬天的阳光

巷子里飘满煤炉的味道

雾气穿过她年轻的脖子

直到今天都没有散去

关于郑州我想的全是你

想来想去都是忏悔和委屈

关于郑州我爱的全是你

爱来爱去不明白爱的意义

关于郑州只是偶尔想起

现在她的味道都在回忆里

每次和朋友说起过去的旅行

我不敢说我曾去过那里

关于郑州我想的全是你

想来生活无非是痛苦和美丽

关于郑州我爱的全是你

爱到最后我们都无路可去

似是而非或是世事可畏

有情有义又是有米无炊

时间改变了很多又什么都没有

让我再次拥抱你 郑州

当一个人失去闺密的友情或者没有爱情陪伴时，你会觉得世上所有的情歌都是为你而写的。

艾小米在奔跑的列车上写下："每一个光彩照人的背后，都有一个咬紧牙关的灵魂，想要活成一个真正有形的人，而不是一摊肉、一团混乱不堪的情绪。"沿途是峰峦叠翠，小桥流水。

有人说远行可以让人看到不同的风景，因为没有安全感，没有陪伴，哪里都不是归途。

5

艾小米和男友在房间里拼命地折腾了一晚，她宣告分手，不是因为不爱了，而是因为她想要开始新的生活。艾小米离开郑州那天，男友抽着烟站在那里。艾小米说："你走吧，我要去远行了，那里有我的新生活。"

那时，火车站的夕阳洒满艾小米的脸，红霞挂满了整个天空。艾小米走过长长的站台，只有行李箱陪伴着她。常相随才是最考验人的。

"你为什么要来到这个城市？"记者问艾小米。

"或许这里有我想要的生活吧。"成了旅行作家的艾小米淡淡地说。

此时，窗外的天空挂满了红霞，夕阳透过窗户洒满她的脸。

"你在这里有爱人和朋友吗？"

艾小米有点苦涩地笑了："他们都走丢了。"

曾经有一份爱情摆在我面前，我选择了远行，曾经有一份比爱情还要可贵的友情，而我却弄丢了。

"你喜欢远行吗？"

"不喜欢，因为我还没忘记他们。"

你想要的爱情，只是接近生活

　　我们成长中总有一个时期，特别想快点成熟。那时候总以为成熟就代表着可以拥有很多东西，比如尊严。直到某天你回过神来才发现，除了胡须疯长，妆容精致，有一份可以养活爱情的工作，其他都不一样了。

　　1

郑好还是有一些不习惯坐在拥挤的地铁上，与陌生人封闭在一列移动的铁皮箱内。

窗外的云漫不经心地挂在树梢，天气热得让郑好的一个眼神就能赤火连天。

吴晗有一搭没一搭和郑好说："到了打个电话。"

郑好问吴晗："你知道这天怎么最爽吗？"

吴晗擦拭着脸上细密的汗珠："当然吹着空调吃西瓜！"

郑好露出一排白牙，笑得有些诡异。

郑好拉着吴晗走出候车室，走进一家快捷酒店，他大喊着告诉前台服务员："给我们来个冰镇西瓜！"

　　吴晗白了他一眼："你犯什么神经，还有一个多小时火车就要开动了，你不怕晚点？"

　　服务员拿来西瓜说道："先生，大厅不让吃东西。"

　　郑好接过西瓜一把扔出门外："谁规定说不让吃东西，我不吃了。"

　　"先生，你要付钱的。"

　　郑好掏出一百元放在吧台上，说："不用找了。"

　　在一旁的吴晗看得一愣一愣的，她以为郑好生气了。

　　郑好说："我女朋友要休息，帮她开个钟点房吧。"

　　吴晗插嘴："我什么时候说要休息了？"

　　郑好说："你也别送我了，天这么热，你不是想吹着空调吃着西瓜吗？"

　　这时，服务员递过来一把钥匙，郑好接过来，帮她打开门，他将吴晗拉进房间，打开空调后径直走向候车室。

　　吴晗有点不知所措，忙跑出来，跟在郑好屁股后面大喊着："你什么意思？"

　　郑好望着被烤焦的柏油马路，一屁股坐在马路牙子上。

　　"我们分手吧。"

　　声音从郑好嘴里哼出来时，候车大厅里传来火车咬着铁轨沉闷驶来的声音。

　　吴晗脸上布满了细小的汗珠，她惊讶地看着他，说道："我听到火车开过来了！"

郑好站起来头也不回地走向大厅，那正是个栀子花开的季节，到处都能看到高大的梧桐，阳光稀疏地洒在脸上，真让人犯困。

2

郑好说："毕业那年，我想没有比生存下来更重要的事了。"

我们成长中总有一个时期，特别想快点成熟。那时候总以为成熟就代表着可以拥有很多东西，比如尊严。直到某天你回过神来才发现，除了胡须疯长，妆容精致，有一份可以养活爱情的工作，其他都不一样了。

冬至的时候，北京下了一场雪。郑好穿的衣服有点单薄，很多人早已穿上秋裤。他感觉这鬼天气太冷，钻进一家小饭馆。

"冬至一定要吃饺子，不然耳朵会掉的。"郑好脑海里浮现出一句话，但终究想不起谁说的这句话。

吴晗的一个电话，打乱了郑好的思绪。

她要结婚了。

"哎哟，吴晗你穿起婚纱来真漂亮！祝福啊！"

说完电话，郑好突然觉得北京的冬天太冷，他的鼻子被冻得泛红。在下班的地铁上，他突然听到一首歌：

　　北京的冬天，嘴唇干裂的时候

　　有人开始忧愁，想念着过去的朋友

　　北风吹进来的那一天

　　侯鸟已经飞了很远

我们的爱，变成无休止的期待

冰冷的早晨，路上停留着寂寞的阳光

拥挤着的人们，里面有让我伤心的姑娘

匆匆走过的时候，不能发现你的面容

就在路上，幻想我们的重逢

北京的冬天，飘着北雪

这纷飞的季节，让我无法拒绝

……

（《北京的冬天》郁冬）

近来，郑好心头总会时不时泛起一种伤感来，尤其在北京的冬天，他想，可能是年龄大了。

很久以前，他对还是女朋友的吴晗说："你这辈子如果嫁的人不是我，那一定不是爱情。"

吴晗笑着搂着他的胳膊说："今天学校食堂有你爱吃的红烧排骨。"

郑好回忆说，好像再没有一个女孩能记住他爱吃红烧排骨，就连他自己也忘了。

3

十一放假，郑好一年中难得清静几日。没有了地铁的喧哗，更不用机械般对着电脑工作。郑好想，不如买上一张机票，飞去沿海城市旅游好了。

人都说："旅游就是在自己待腻的地方，去到别人待腻的地方，从恶心自己的地方跑到恶心别人的地方。"

郑好说："我没有那么悲观，那是因为我还没活明白。"

身边的朋友，有的回了老家，有的却坚守在岗位上，苦逼加班。前者满足了情感的需要，后者满足了物质的需要。

郑好只是觉得很累，睡觉也觉得累。

于是，他和回家的朋友聊天，朋友说："家里的玉米成熟了，我要去田里劳动了。"郑好听后，忽然觉得劳动者真的很光荣。

郑好的老家在一个小山村，回去一次需要坐26个小时的火车。他一点都不向往小山村的生活。

很多城里人想象在农村有良田几亩，宅院一座，可以享受新鲜的瓜果梨枣，想象家乡田野的炊烟，和那鸡鸣狗吠的朴实，认为是件很浪漫的事，让人心生向往。

再说郑好身处的城市吧，似乎什么都不缺，交通方便，购物商城琳琅满目，想看的繁华夜景，想听的阳春白雪，想泡的如花似玉，想拥有的金钱地位，样样都有，而且明码标价，只要有钱，你就可以拥有一切。

可走在国贸的步行街上，走在拥挤的人流中，郑好最大的感受就是自己不再年轻。无论对这座城市喜欢与否，我们都将在这个建筑森林里挥洒心血。

郑好说："我站立的每一块土地，都是明码标价，都需要你拿心血去换，或许这就是商品社会。"郑好从来不相信成功学，更不崇尚这些，而所有来到这个城市的年轻人似乎都明白，唯有成功了，才能拥有一切，财富地位，以及个人的尊严。有时真想去看看这个美丽星球的其他地方，看看是不是所有人的生活都是如此。

郑好的朋友不多，除了身边的同事，几乎没什么朋友。一个加班的朋友用羡慕的口吻问他："你假期又去哪里浪了，看起来这么快活。"

如果只是为了洒脱，大多数人可能不会跑到一个陌生的地方，去寻找内心想要的答案。郑好认为的幸福是陪父母吃个团圆饭，和老爸喝个小酒，谈一些童年的乐事。

我们都活得太累，路走得太远，累到满脸愁容，再也没有力气去做自己喜欢的事，坐几个小时的飞机或者火车回趟家都觉得奢侈。

夜场的电影每天都不重样，郑好也经常光顾，只是觉得看电影的人，比电影内容还要孤独。

郑好渐渐不明白，支撑他每天早晨醒来的是什么。工作？别开玩笑了，哪天公司效益不好，分分钟让你滚蛋。但不工作又能干什么呢？

他每天如鲠在喉，寝食难安地去学一些新技能，又突然发现一切没了意义，因为那些技能不能带来经济价值了，它们已经被淘汰了。

很多人的生活中，事业和爱情是人生的全部。

事业让人殚精竭虑，惶惶不得终日，大家像狼一样，恢复了动物的本能，为了仅有的资源相互厮杀。他们来不及停下来，舔舐自己的伤口，因为还有一大波怪要打，就像游戏《植物大战僵尸》那样，你永远不知道什么时候才算通关。

说说爱情，它真是个好东西，让充满动物本性的人们，开始觉得世界有那么一点温情，开始觉得花前月下浪漫至极。

十一这天，有很多朋友在朋友圈晒结婚照。有的在阳光充足的沙滩上，明眸皓齿地笑着，有的在热闹的酒席上，觥筹交错。他们脸上洋溢着笑容，多么纯真。

或许，爱情和婚姻最美的意义在于，这段日子，两颗心彼此柔软地相互取暖，来不及脱下礼服便要冲回战场打怪。

这世上，总有一种生活是我们想要的。

我不清楚大家心里想过的生活是什么样，大同社会，人人平等，锦衣玉食，想干嘛干嘛？

或者是，一个人追寻安静，遁入空门，吃斋打坐，日日行善。每天做自己喜欢的事，还能被大家认可？

其实，大家都离不开彼此，衣食住行，爱恨情仇，让我们交织在一起，你供养着我，我养活着你。所以，从这看来，没有人比你高贵，也没人比你低贱。

生活犹如一场比赛，上场了就别怯场，场外有观众，场内有队员，而且比赛还有结束的时间。在这个时间段里，我们有泪有汗，有嗓子干燥，也有身体不适的时候，但只要我们仍然站在这个跑道上，就没有输掉。

你想要的生活，不过是从柴米油盐酱醋茶里活出个尊严来。

你想要的生活，不过是每天睁开眼，有吃有喝，有份喜欢的事可以做，拿这些去和时间交换。

这个世上，有没有吃喝拉撒睡后升华的东西？当然会有，只是我们没有发现而已。

人类能够延续至今，靠的不是我们这些只知道吃喝拉撒睡的人，而是努力让自己发出光，让世界改变，变得美好一点点的人。

我们想要的生活，其实就在当下的每一天，即使它庸俗不堪，那也是我们自己选择的。

一切都是从我们选择开始，生活什么样子，都是我们决定的。

4

地铁还在行走，暗无天日。

陌生的身体在相互摩擦，哪有谁会介意。

可郑好望着刺眼的白炽灯光，心里却黑灯瞎火。

人总爱将要强说成倔强，错把爱情归结为生活的错。

爱从不容许人三心二意

时间可以改变一切，但如果让时间改变了回忆，我们还怎么面对过去的自己。

1

苏辛和我提出分手了，这看起来是多么平常的一件事。

苏辛吃完碗里的拉面，端坐在我的对面一声不吭，她看起来既熟悉又陌生。我打破平静，看着她吃得精光的碗，问："吃饱了吗？"

苏辛掏出钱包看了看钞票，没瞅我，径直去付账了。我站起身欲拉她，但又心里赌气，想付就去付吧。

苏辛付完账，和我摆了摆手，欲走。我赶紧拉住她："能聊聊吗？"

"还有什么好聊的，刚才那顿是散伙饭你不知道吗？"

我执意拉住她的手，声音有点沙哑，我一紧张声音就变样。我突然脑子里一片空白，不知从何说起，不知如何挽回我们的感情。

"如果没什么说的话，我走了。"

我看着她的背影，朝她大喊："苏辛，你还记得我们怎么来到这个城市的吗？"

苏辛停了下来，我眼前仿佛上演电影情节。天桥上的情侣手挽手走来走去，他们好像是群众演员。镜头似乎给了苏辛一个特写，对，应该对准她的脸。她扭过头说道："乐儿，我们年龄都不小了，我等不起了。"

我突然男主角附体，大步跑到她面前，一把抱住她，沙哑地说道："那我们就结婚呀！"

苏辛推开我，口气里夹杂着拉面的味道，说道："拿什么结婚？"

她的话问倒我了，我也不知道拿什么去结婚。

我拉着她走进商场，径直走到金店，拉着苏辛的右手给服务员看，服务员很热情地推荐着漂亮的戒指，我完全听不清她在说什么。

我要了一个心形的戒指戴到苏辛的手上，苏辛誓死不从。我赶紧掏出信用卡递给服务员："赶紧刷。"

我准备按下密码，八千的数字就会被抽走了，我却一点知觉也没有。倒是苏辛和服务员嚷嚷着："太贵了，我们不买了。"

服务员看着我，我有些恼羞成怒地吼道："看我干吗，刷卡呀，你以为我买不起啊。"

苏辛扭头就走，使我有些难堪。

我拿着结完账的戒指去追苏辛，苏辛大声说道："你别跟着我，再跟着我我喊人了。"

我不知哪里出了错，为什么今天怎么哄她都不行呢。我们走出商场，华灯下的街道冷清，街道两旁的白玉兰开得格外妖娆。

苏辛还是走了，就像电影落幕，终要散场。

我捏着手里的戒指，突然感觉心里空落落的。

2

和苏辛分手第一天，我的工作就出了问题。

领导找我谈话，我以前并不觉得他讨厌，今天突然受不了他的婆婆妈妈。

领导说："这几天你回家休息休息，工作先让小张替你做。"

我心里有些不爽，但嘴上却说好。

我被辞退了。确切地说，我也早就不想干了。每天晚上领导跟个特务似的，盯着每个人加班，还美其名曰："哪个公司不加班？"

我从没怀疑过领导的话，因此每个月我的卡上都有一万块。

自从苏辛和我提出分手，我开始怀疑除了工作，我的生活里还有什么。走出公司灯火通明的大楼，我突然长舒了一口气，给苏辛发了个短信："我辞职了。"而苏辛并没有回复我短信，这使我有些意外。

回到家，我才发现好久没做饭了，于是去楼下超市买了很多蔬菜。我心情大好，准备做一顿美食来犒劳一下自己。可是，我发现我根本不会做饭。

哦，以前都是苏辛做。

我将东西放进冰箱，煮了速冻饺子，吃得美滋滋。此时，我还是以为，苏辛只是这两天心情不好。以前，我们每天都会在家做饭，还会开一瓶红酒。而每次她来例假时，我都不顾及她的感受，我想亲热，她总会配合。

我给苏辛打电话，她没有接，直接挂断。我突然心有怒火，掏出前天买的戒指，在朋友圈假写道："见证爱情的结晶。"朋友纷纷祝贺，单身狗都看不下去了，直骂我。

那晚，我给苏辛打了三个电话，她一个都没有接。我有个座右铭，再一再二不再三。于是倒头睡去，直到天大亮。睡个懒觉真他娘的舒服。

我起床洗漱完后，突然不知怎么打发接下来的时间。

我开始给苏辛发信息："苏辛，你闹够了没？如果你再这样，我可就当真了。"

一直到上午，苏辛仍然没有回信息。

我也不管了，在网上订了车票，打算去旅游几天。

上火车时，我给苏辛发短信说："我出去几天，你要照顾好自己。爱你。"

我的第一站，就是美丽的杭州西湖。

晚上下榻的是一家五星级酒店，就在西湖旁边，站在窗户前就能一览湖光山色。说实话，整个行程很开心，白天忙着看东看西，晚上夜色降了下来，我却感到了寂寞。

夜色中，我看着远处的断桥，那是白娘子和许仙见证爱情的地方，以前，我从不相信神话传说，可它们确实在历史的轮回里真实存在过吧。我开始想念苏辛。

打电话，还是打不通。

我打算回上海，给苏辛一个承诺。我们在一起太不容易。

3

回上海的火车上，我看着满目荒芜的田野，早已没有了亲切感。我甚至不愿去想，小时候我在田野上玩泥巴，收割麦子时的场景。

苏辛和我是青梅竹马，老家离得很近，从小我比较调皮，为此苏辛遭了不少罪，我甚至让苏辛替我顶过罪。

我们在大学时，才私定终身。我坐着火车去她在的城市，那时没什么钱，住不起旅馆，就在候车室傻坐一夜。当苏辛见到我时，一个劲儿地傻笑。

她请我吃面，我吃得津津有味。

我们第一次亲热是在她们学校的小树林里，我们都很害羞紧张。我执意要去小旅馆，她说："你赶紧多挣钱，我们在城市里买一套自己的房子，有个自己的家。"

后来，毕业后我们见面的机会更少了，她顺利在她上学的城市找到工作。当我在上海孤独地打拼时，给她诉苦，她就千里迢迢地来到我身边。

刚开始，我们没有钱租好房子，苏辛却很知足，总是安慰我，买不起就租房住。苏辛给我的生活带来了很多生机，我开始努力工作，学到了很多技能。

每年过年回家，我都会去苏辛家，给她父母拜年。苏辛的父母也会催我们俩赶紧结婚。我那时信誓旦旦地给二老说，等我赚多些钱，就给苏辛一个体面的婚礼。

苏辛也会去我们家拜年，每次都会准备一些礼物。我爸妈特别喜欢苏辛，苏辛就叫我父母"爸妈"。我就会逗她，说我们还没结婚呢，怎么就叫上爸妈了。

2013年，苏辛的爸爸得了脑溢血。从发现到去世，只有三个月。我陪苏辛回去看他，他大脑早已不清醒，却还是拉住我的手，老泪纵横道："娃，照顾好苏辛。"苏辛在一旁哭得不省人事。

苏辛是独生女，我代表她家的男丁料理了后事。回上海的车上，苏辛哭了，对我说："我们都长大了，要担负起父母的担子了。"我没有完全理解那句话的深意。

2014年，苏辛将她妈接过来旅游，我正在公司里忙得跟孙子似的。为了晋升，我夜夜加班。

苏辛和我商量，打算带她妈去东方明珠转转。我答应了，却由于工作爽约。苏辛妈看到我们租住的地方，语重心长地对我说："娃，我知道挣钱不容易，别为了挣钱耽误了你们要个孩子啊。"

送苏辛妈上火车时，苏辛抱着我痛哭。我也不知为何，突然眼泪止不住地哗哗直流。

从那以后，苏辛和我开始攒钱。我平时花钱大手大脚，她的约束着实让我痛苦了一阵子。为此，我们吵了不少架。

平时，我花钱请朋友吃饭，苏辛就会说，真正的朋友不是坐在一起吃个饭就有交情的。

之后，为了买房，我拼命工作，加班，省吃俭用。然而，2015年上海房价上涨，我们再也买不起房了。从此，我又开始花钱大手大脚。

我会请她看电影，她每次看完电影就心疼地说，又乱花钱了。

回上海的火车上，我开始回想我们从小到大的所有经历，此时火车上播放着一首歌《当爱在靠近》：

真的想寂寞的时候有个伴

日子再忙也有人一起吃早餐

爱情从不容许人三心两意

遇到浑然天成的交集错过多可惜

……

　　我突然感觉自己原来什么都不是，工作没了我，照样有人在做。可苏辛不能没有我，我们拥有这么多的共同回忆。

Chapter Four

感谢这座城市有你

在歌舞升平的城市，生活践踏你的幼稚和我的固执。

大家有多匆忙，脚步就有多踉跄，平淡日子形单影只。

你站在人群中间并不孤单，因为你的故事形成一道风景。尽管城市的夜晚，霓虹比天空艳丽，高楼比人群更个性。普通人像是它胃里的残渣被吸进去又吐出来，但因为有你，我爱上这座城市。

感谢在这座城市遇见你

　　总会遇到一个人让你袒露真诚，卸下落满灰尘的面具。
生活是一场偶遇，我们叫它萍水相逢。甜蜜的爱情，更多的
是秘而不宣的默契，即使在她面前落败而逃、即使狼狈不
堪，我们也能会心一笑。

1

2012年的冬天，第一场大雪飘落在这个阴霾的城市，我眼前是坚
挺的果儿一般的建筑。

这是一个相对寒冷的冬天。

我丢了第一份工作后，打算搬离地铁边的出租屋。一个人晃荡在
寒风刺骨的大街上，我是看见了她的合租帖子寻上门的。

合租条件写着：男女不限，活物就行。租金八百，押一付三，有
稳定收入者优先。

我抱着面试工作的态度，顶着风雪交加的鬼天气，一脚踹开了

门，因为门没锁。

她有一张圆圆的脸和消瘦的身体，裹着一件价格不菲的羽绒服出现在我面前。

"你送快递的吧？"

我心想：大冷天的让我站在门口，真把我当送快递的了。

"我是来应聘的。"

"哦。"圆脸姑娘附和了一声，一屁股坐回沙发上眼神死死地盯着我。

"先进去行不？"我试探地问道。

"你怎么证明自己不是坏人？"

我差点笑出声来，从背包里掏出逛豫园时买的饰品，一张好人证递给她。

"你晚上打鼾不？"

我不等她答应一脚迈进门，屋里的暖气嘶嘶地冒着热气让人充满困意，真想好好睡一觉。

"哪有那娇贵的毛病，有钱人才有那嗜好。"

她站起身来打量着我，像是看一头种马。

"不允许咳嗽、打喷嚏、放响屁。听音乐看电视必须要戴上耳机，手机要设成振动，接打电话必须回自己的房间。我不希望在公共区域内每天看到你，不许在我眼前晃来晃去。还有，下厨房要轻手轻脚，洗衣服要关严门，如果领人回来做爱，不许在高潮的时候大呼小叫，若是在控制不住就捂起嘴巴。能不能做到？"

我暗自吐了口气，心想：你这又不是选男朋友，何必搞得这么严格。

但我只能以死猪不怕开水烫的架势说道："我也是受过祖国应试教育的，这点要求没问题。不过，这房租能不能缓缓交。"

还好，她没有反对我提房租的事。

入住那天，我特意请圆脸妹子吃火锅，算是同在一个屋檐下的惺惺相惜。

圆脸妹子名叫吴涵，传媒大学毕业的高材生，崇尚自由生活，所以一天班没去上过。

我自己喝了三巡酒之后，问她："你哪来的钱生活啊！"

"收房租！"

"哦，你就是传说中的包租婆呀。看来这个职业往低龄化发展了。"

圆脸妹子眯眼露出一嘴大白牙配合我，笑了一声道："请我吃饭可不算房租的。"

我正准备诉苦，什么水费电费这贵，顺便编个自己多么多么惨的故事，吴涵忙说："打住。不许倾诉苦水，不许谈及家里的事、烦恼的事，不许做些拉近两人感情的事情。"

我酝酿了半天的情绪功亏一篑，心情大为失落。

临近过年的时候，工作机会相比其他时期要多些，大卖场招保洁，餐馆招服务员，保险公司招保险员，传销公司招下线。

我靠，大城市到处都是工作机会啊。

我被上述公司直接或者婉言谢绝后，心死如灰地回到家中，吴涵不在家。我也懒得管这么多，一屁股坐在公共区域的客厅里，吹了会儿暖气，感到胃里翻腾，遂一个箭步钻进冰箱里，这妞留了些剩饭。我心一横，反正都是一个死，被打死总比饿死强，风卷残云般吃了个精光，躺在沙发上静等吴涵回来打死我。

晚上，自己被肚子绞痛惊醒，满脸虚汗地躺在自己的房间里，发现额头上放了块带着香气的热毛巾。

我赶紧脑补发生了什么，心想莫非是吃凉东西坏了肚子。

"圆脸妹子呢，去报警了吗？"

大概半小时后，我听见开门声，心里羞愧难当，心想大不了去睡天桥。

吴涵妹子微笑着走进来，看见我睁开眼，脸上瞬间收起微笑道："我是个很随和、很宽容的人，习惯于照章办事，但也考虑情面。你偷吃了我放了三天的食物而中毒，我也帮你买了药，咱们互不相欠，不准赖账。"

我一听，自己完全占话语权，以为自己可以争取些机会："你这是谋杀，是要负刑事责任的。"

"谁让你偷吃，没看我冰箱上写着不许吃吗？"

"那……那我偷吃最多算个行窃，你这可是杀人啊，原来你是个心如蛇蝎的女人啊。我今晚就是疼死，也不会吃你的药。"

其实我心里已经乐开了花，嘟里个嘟，开心得差点条件反射翘起二郎腿。

吴涵微笑着走出我房间，端来一杯热水后，用强奸的眼神逼我吃药，我誓死不从。她完全不顾淑女形象，一把将我头拉起来，我的嘴碰到了一个软软的东西，我一阵眩晕。

"快把这白色药丸吃了，不然让你睡大街冻死。"

我看了看她手里的胶囊，笑着说："妹妹，这是绿色的药丸。你该不会有色盲症吧。"

吴涵好像被发现了秘密似的，一把放下热水，将胶囊撒了一地："爱吃不吃，死了算了，还省了国家粮食，减轻农民伯伯负担呢。"

　　我艰难地爬起来，自觉事情闹大，乖乖捡起药丸，吃了下去。

　　2

　　大病初愈后，吴涵对我态度缓和了很多。而我却发现了她的两大秘密：她是个严重的色盲，在她的世界里只有黑色和白色。另外，她患有轻微的狐臭。她每天都要偷偷往腋窝喷几次香水。我每次想和她交流，她总是一副拒人千里之势，我突然觉得这个女孩实在让人怜爱。

　　我刚从职场上受过打击，她自始至终都没当过一天白领。

　　出于英雄惜美女，我渐渐不讨厌她了，而且莫名其妙地对她多了层好感，我不再戏称她圆脸妹妹，而是亲切地叫她涵涵妹子。

　　既然一时找不到工作，我干脆决定先过完年再找工作，于是赋闲在家。

　　在一个大雪飘落的寂静夜晚，我吞吞吐吐地对她讲，我想陪她去医院，我告诉她，其实她只需轻轻一刀，割个小口，问题就永远解决了。

　　吴涵听后有点害羞道："去医院看过，害怕动刀。"

　　我一听来了兴致，忙开她玩笑："只有你和男朋友的第一次的十分之一疼。"

　　吴涵微微笑了笑："那该有多疼。"

我拉着她以牺牲色相为诱饵骗她去医院，她才勉强去了。

吴涵长相中等，身材却极好，前突后翘。但却有小地方人来大城市共有的通病，自卑感十足。

我对医生谎称是她男朋友，吴涵微笑着说："去死！"

开完刀的那段日子，医生叮嘱不能洗澡，这可把吴涵急坏了，她是个有洁癖的姑娘，我每天都能听到她在浴室哗哗的声音。

那段日子，我天天唱着小曲霸占着浴室，唱着《残酷月光》：

> 我一直都在流浪
>
> 可我不曾见过海洋
>
> 我努力微笑坚强
>
> 寂寞铸成一道围墙
>
> ……

吴涵拍打着浴室的门说道："你赶紧，别寂寞了，我要洗澡，立马出来。"

我厚脸皮地说道："医生说，你可不能洗澡。"

吴涵那晚不顾医生的金玉良言，硬是破了规矩，而且换上干净的睡衣后，特意跑到我面前说："你快闻闻还有没有味道？"

我凑过去，假装一脸嫌弃地说："哎呦，这味道太大了。"

吴涵脸上瞬间失去笑容，她局促地跑出房间，把自己关在浴室里，我听见了哭声。

我轻敲着浴室的门，一脸羞愧地说道："对不起，你身上除了香气，再也没其他味道了。"

吴涵打开浴室，破涕为笑地问我："你没骗我吧？"

"我骗你是小狗……"说完学狗叫逗她。

吴涵露出微笑看着我说："你再闻闻。"

我直接凑过头去，深深嗅着她的体香，顺手搂住她。吴涵一把推开我，脸上红晕如朝霞。

从此，她每天焕发着少女般的光彩，天天在我面前换新衣服，从不重样。我不知道她葫芦里卖的什么药。

圣诞节那天，我准备提前回家过年。她非要拉我去呷哺呷哺吃火锅。

火锅店人很多，汤色红亮，油而不腻，麻辣鲜香俱全，口感好极了，且菜品丰富，可就是消费水准有些偏高。

我不忍心让她破费，她笑着说："你别看我天天在家待着，其实我帮几家杂志社供稿，一个月也有三千块的稿费呢。"

我猛灌了一口酒，瞬间辣得流出眼泪来。吴涵假装没看到我，吃得欢快。

回住处的路上，吴涵因为喝了几杯，脸颊绯红，像极了这个城市的朝霞，她嚷着要我唱歌，我说我就是个唱歌跑调的人，哪会唱歌啊。

吴涵说："那天，你在浴室里唱的那首歌很好听，就唱它。"

我拗不过她，只好清清嗓子唱起来：

　　　我会一直想你，忘记了呼吸

　　　孤独到底让我昏迷

　　　如果不够悲伤，就无法飞翔

可没有梦想，何必远方……

（《残酷月光》林宥嘉）

唱完我的声音有点哽咽，吴涵在我旁边沉默不语。我不知道她当时在想什么。

回到家，吴涵跑进浴室，哼唱着这首歌："我会一直想你，忘记了呼吸。"没完没了地循环。

我在浴室外，醉意阑珊地嘲笑她："你就会唱一句吧？"

她从浴室跑出来，面露微笑道："我从小五音不全，不会唱歌，这是我学会的第一首歌。"

我洗去醉意，滚烫的热水滑过我的皮肤，我的血液跟着沸腾了起来。

差不多洗完时，我才发现内裤放在了浴室外。

我蹑手蹑脚地打开浴室，吴涵正站在浴室门口绷着嘴笑。

我全然忘记自己是全裸，一把从她手里拿过浴巾来。

当我走出浴室，气氛不免有些尴尬。

我试探地问："过年回家吗？"

吴涵没接我话茬，坐在沙发里，看了看我，我顿时有了反应。

吴涵说："路上滑，当心。"

我说："要不我陪你在这过年吧。"

吴涵微笑着说："别，你还是回家拿钱去吧，你都欠我一个月房租了。"

我尴尬地笑了笑："那你在这儿照顾好自己。"

吴涵微笑着吐了吐舌头："你过来帮我看看《残酷月光》是不是

· 153 ·

这个女歌手唱的，我要下载下来。"

"怎么可能，是个男的唱的。"我脸凑过去。

吴涵斜着头，浓密的长发洒在我肩上，有些痒。

我声音粗重地说："就是他唱的。"

吴涵不看我说："好像没这个女歌手唱得好听。"

我说："人家可是原唱。"

吴涵露出微笑道："我怎么觉得还没你唱得好听呢。"

我望着她的眼睛，呼吸加重，一把吻住了她的嘴唇。

吴涵抱紧了我，我将她的衣服褪去，她水嫩的肌肤像个陶瓷娃娃。当我们融为一体时，我听到她喊疼。我听到我们骨骼在碰撞，心脏在用相同频率演奏。

窗外，刺骨的寒风，夹杂着零星的雪花飘落在这个阴霾的城市，这个夜晚静悄悄的。

我搂着吴涵滚烫的身体，做了一个梦，梦里我带着她回到家乡，家乡的炮竹声中，吴涵一脸微笑地朝我大喊："新年好。"

3

故事终究会散场，花开两朵，各表一方。

便利店从不打烊，姑娘走进来，小伙子走出去，他们只差一个相爱，就会胜过万千。

城市的人从没有夜晚，因为他怕一闭眼就错过万千人群中的那个你。

感谢这座城市，让我看到爱情里有相守和柴米油盐；有背叛和形同陌路；有为了取暖，燃烧自己照亮来时路，等待路归人。

　　别被眼睛骗了心，当眼睛在黑暗里等待，我们的心才会看到那个属于自己的方向，看到那个和你臭味相投，和你在廉价出租房里挥洒青春的人。

爱情没有胜负可言

　　收入一直在增长，买不起的东西却越来越多。微信好友数一直在增长，好朋友却越来越少。我们以为准备充分时，才能够拥有那份属于自己的爱情，却不知等待过后，已是地老天荒。

1

　　韩宇要结婚了，我收到他的请柬后，甚是感慨。

　　他是我们大学舍友里唯一的富二代，人帅钱多，当然是人见人爱，花见花开。毕业后，他回了苏州老家，他老爸将家业一分为二，他走马上任接手了家里的轮胎生意。我们几个都嘲笑他："你丫厉害，等我们以后有车了，轮胎你全包。"

　　韩宇性格低调严谨，是典型的成功商人所具有的性格。

　　我毕业后留在了上海。另一个哥们为了追求梦想，去北京北漂，当了导演，接拍一些内衣内裤、杜蕾斯之类的商业广告。

恍如隔世，毕业后五年已匆匆过去。

我那天起得特别早，因为我怕路上会堵车。韩宇一路上给我打了好几个电话，生怕我去晚了，因为他给我安排了另一个角色——伴郎。

上海离苏州不远，开车一个小时的行程，可自从毕业，我几乎没来过这里。至于原因，我也说不上来，可能工作太忙吧。

到了苏州，韩宇在高速路口接我，我看到他的炫酷的敞篷牧马人，心里还是有点别扭。

韩宇打量着我略微发福的脸，大笑不止。他扔给我一盒苏烟，我说："好久不见。"眼睛里略微有点酸涩。

韩宇抽出一根烟来，自己点着猛吸了一口后，递给我。

我假装嫌弃道："你大爷，净吃你口水了。"然后我一把接过来猛吸，上前顺势抱住他，什么话也没说。

韩宇拍了拍我的肩膀说："你小子车上的轮胎以后我全包了。"我看着他傻笑，欲言又止。

2

婚礼规格很高，韩宇说："光是包下这个五星级的酒店就花了二十万。"

我开他玩笑："你小子需要卖多少轮胎呀。"

音乐起，伴童一身圣洁走出来，一男一女手里捧着花篮。而后，韩宇在光束中走了出来。

"新娘很漂亮，听说她老爸是开服装厂的。"宿舍里的大明赶忙给大家科普一下这对新人的背景。

我站在韩宇旁边，看着他一脸幸福地牵起新娘的手，为她戴上了一个鸽子蛋大的戒指。

之后，觥筹交错，场面热闹。

大明坐在我们老同学中间，对他们的事情信手拈来道："你们有所不知啊，新娘可是海外留学的高材生，据说专攻的服装设计。"

大家点头附和，纷纷赞不绝口。

大家好久不见，大明张罗着要玩个游戏，我们也都纷纷叫好。

大学那会儿，大明人瘦自卑内向，连个女孩子都不敢追。如今混成了一个公司的市场总监，说话滴水不漏，恰到好处，是活跃气氛的一把好手。

游戏是真心话大冒险，主题是——第一次给了谁。

大明一本正经地站起来，小声说："我的第一次，他娘的给了一个公主。"

我们在一旁起哄欢呼，执意让他说说。

大明喝了几杯，面红耳赤，有些醉意。他跟跄地站起来，拉着我说："乐儿，你是不知啊，我为了那个姑娘愣是坐了一天一夜的火车跑到四川。可是，我被骗了。她哪是个姑娘，分明是个有夫之妇啊，而且丑得没法看，网恋真是不靠谱啊！"说着，大明不住地摇头。

大明自个儿说完后，笑得像个傻子。我赶紧拉他坐下来，他大喊着说："有个缺德的客户，为了让我守住秘密将我也拉下水。我他妈被公主睡啦，无耻啊。"

大家面面相觑、不知如何回应他。男生起哄说："你他娘的真是矫情，得了便宜还卖乖。"

大明哇哇大哭道："我们比不了韩宇啊，大学那会儿都是自带光环，好姑娘一个个往上扑，怎么就没人扑我呢。"

我看场面有些尴尬，执意换个游戏。大家觉得扫兴，埋头忙着夹菜。

韩宇前来敬酒时，大明摇晃着身子站起来笑嘻嘻地说："苏静怎么没来啊，一定是你小气，没告诉人家。"

大家都倒吸一口凉气，因为苏静是韩宇的初恋。

韩宇脸上抽动了一下，假装没听见，依然给大家敬酒，一旁的新娘疑惑地问韩宇："苏静是谁？你们有联系？"

我看到新娘的脸上有些挂不住，赶紧站起来打圆场："韩宇，你可要允许我们今晚闹洞房啊，新娘这么漂亮，我们都羡慕得咬牙切齿啊。"

新娘在一旁笑骂我："你可是韩宇的好哥们，朋友妻不可欺。"

我顺势说道："我们哪见过这么漂亮的新娘，还不允许我们吃吃豆腐？韩宇，你说让不让我们亲新娘？"

韩宇给我使了个感激的眼色，说道："你们敢亲一下我老婆，我就亲你们。"

大家嚷嚷道："现在就开始护老婆了，以后肯定是'气管炎'。"

婚宴结束后，大家都借故有事，纷纷走了。说闹洞房本就是一句玩笑话。

韩宇拉住我问道："着急回去吗？"

我看了看他，说道："有什么心结，说说吧。"

韩宇说："咱们去找个茶馆吧。我带你见个人。"

我们去了一个高档茶座，安静中有着一丝隐秘。我说："有什么事非要来这样的地方？"

他慢慢给我续着茶，眼睛没看我。我说："是不是还和苏静联系着？"

他看了看我，眼神里带着无辜，说道："我真的很喜欢她。"

我说："你这样会害了她，你知道吗？"

"我知道。可我舍不得放手。"

我冷笑道："你得到的还不够多吗？大学那会儿，苏静选择了你，我才放的。你说家里人觉得你俩门不当户不对，家里人不同意你就轻易放弃，你是真心爱她吗？"

韩宇说："我相信我们之间是爱情。"

"只有你们之间是爱情，我们之间就不算爱情吗？"我有些恼羞成怒。

正当我的怒火要燃烧时，有个年轻的帅哥走进来打招呼。韩宇介绍道："这位是当红作家×××。"

我礼貌地和他握手，他也很客气。

韩宇是想帮我一把，他听说我正准备出书。

谈完正事，我准备回去时，韩宇说道："哥们儿，失去爱情的滋味真的不好受。"

回来的路上，我摇下车窗，眼泪飚了出来。

我们都在谈论爱情，因为我们都还没有拥有。只有失去爱情的人清楚什么才是爱情。

3

那年大学的林荫小道上，我和韩宇不谋而合地准备了蛋糕，上面写的是同一个人的名字：苏静。

我和韩宇说："这次我们公平竞争，虽然我比不过你。"

韩宇尊重了我，苏静也尊重了我。

苏静先以见习女友的身份和我交往了一个月，又和韩宇交往了一个月。

我和韩宇定下约定，交往期间，谁也不能先下手。

韩宇说，在那段无欲无求的见习爱情里，他体会到了从未有过的幸福。

有一天，我和苏静下了晚自习，她一身吊带裙，牵着我的手，微风吹拂着她的长发，走在林荫小路上，潮湿的空气中带着甜甜的味道。

苏静问我："你现在有什么感受？"

我说："很平静，除了感觉你的手很光滑。"

我有些羞涩地补充道："我一直以为我的心会紧张地跳个不停。"

苏静最后选择和韩宇在一起，我自动退出。

后来我想，爱情是公平的，只有失去后才知道是不是爱情。

我想对韩宇说，爱情哪有胜负可言，我们都是爱情里的骑士，在严酷世界中仍保留一丝天真，忽略没来由的中伤，藏起对远方的幻想，怪兽追来，我们牵着手逃亡。

收入一直在增长，买不起的东西却越来越多。微信好友数一直在增长，好朋友却越来越少。我们以为准备充分时，才能够拥有那份属于自己的爱情，却不知等待过后，已是地老天荒。

姑娘，一个人何以为家

> 孤身一人，抛家舍业，来到一个陌生的城市，崇高的活法是为了理想，世俗的活法是为了改善生活。

1

我惊觉自己已经搬了五次家，每一次换工作，紧跟着换住所，有苦有累，自在不言中。

说起林夏，她比我来魔都要晚一些。

我告别校园时，孤身一人来到魔都，周围没有同学，两眼抹黑，先是挤在六人通铺的出租房里，一待就是三个月。

林夏算是我的谈心不谈情的大学同学，她学的是室内设计。顶好一姑娘，就是不爱说话，有些执拗。

林夏毕业答辩完，才给我打电话，说要来找我。

我苦笑说："为咱爹妈想想，大老远来这里也不能保证你衣锦还乡。"我当时每天挤在一个一米六长的铺子上，躺着唉声叹气。我说：“你来的时候带足了钱。”

于是，我去上海南站接她。当我看到她从地下通道走出来时，差点疯了。她纤弱的身子骨却提了个大行李箱，而且左手还拖了个编织袋。

我慌忙接过来，问："你这个编织袋里装的啥玩意？"

她顾不上擦汗，咬着牙提着行李箱道："待会儿陪我找房子吧。"

我来不及接她话茬，直接打开编织袋，脸拧成苦瓜："林夏你够生猛呀，从山东大老远带了一床被褥和这么多书。"

林夏说："这是陪我大学四年的家当，没舍得扔，就带来了。"

我闻了闻被子，假装大喊道："都发霉了。"

林夏说："你才发霉了呢。"

其实，她的被子有一股奶香，那种味道只有女孩才有。她一共换了三次家，被子一直带着。我知道她不是穷，而是恋家。

我领着她打车去了闵行区七宝街，听说这里合租的人特多。林夏在魔都的第一个住处，就在华昌路上的一个小区。房子外观比较破，但是周围交通方便，出了门走上五分钟就是地铁口。

林夏对自己的住处比较满意，遂交了一年的房租。

我说："你工作还没定，就交了一年房租，你天天吃汽车尾气啊？"

林夏不理我，一个人开始打扫房间，她将前租客在墙上留下的意淫海报撕了。巴掌大的房间，除了电脑桌和储物柜，就剩一张床。

下午，我蹭了一顿饭后，回去了。

2

林夏来这里前，就有一家意向公司。所以一个星期后，她很顺利地去了那家设计公司实习。

作为新人，不管专业对不对口，都要从头做起。她天天战战兢兢地在公司打杂，每天早上第一个打卡，每天晚上最后一个离开公司，把所有的时间和精力全放在工作上。

林夏说："工作第一个月，瘦了十斤，一整个月都没来例假。"

月薪只有三千五百块，税后三千元，其中房租八百五十块，早饭只敢吃两个包子，一杯豆浆。尽管这样，除掉交通费，网费，电话费，不买一件衣服，工资也所剩无几。

我晚上蜷缩在十平米、没有窗户的出租屋里，绝望得像一条发情期找不到伴侣的狗。

领到薪水后，我打算换房住。在这个合租的房子里，我除了身上穿的，再没有任何东西。

有段时间，我发现谈个女朋友真是天方夜谭，本来公司有个行政姑娘激发我的斗志，偏偏被刚升主管的上司看上，他们眉目传情了两个月，姑娘最终钻进他车里。

我盘算着身边所有女性，甚至想着被人包养也认了，却没有一个适合的。

3

时间在繁忙的工作面前一晃而过，转眼到了过年。

林夏半年来第一次给我打电话，让我顿时在寒冷的冬天里感到春天般的温暖。

我下了班坐地铁五号线，去了七宝街。等了半天，她才回来，手上提着大包小包。

她见了我，不咸不淡地说："你会包饺子吗？"

我一听有饺子吃，忙说："会。"其实我的意思是会吃。

进了林夏房间，林夏让我换拖鞋。我说："有男士拖鞋？"

她说："有！"

我为此唏嘘了半天，也不好当面问，一脸关心道："你可不要带一些不三不四的人来家里。"

林夏忙着手里的活，看了看我，喊道："过来帮忙。"

我瞅了半天房间也没发现蛛丝马迹，掩饰了庆幸的心情说道："你这房间捯饬得不错啊。"

林夏一个人在厨房里，呼呼啪啪忙活开了。我前去搭手帮忙，没忙几分钟，林夏又嫌我碍事，一把将我从厨房推出来。

我只好坐在沙发上，看着阳台上的盆景，墙壁上蒙太奇的壁纸，还有那简约却有个性的台灯，啧啧称奇。

林夏也不催我了，我便在暖气的滋润下酣然入睡，嘴角还有口水。

林夏做好后，才把我叫醒。我一脸幸福地厚着脸皮吃，吃到动情处，止不住夸她。她默不作声地吃，一句回话也没。

我说："我可不可以提个奢侈点的要求？"

她说："只要不借钱，随便提。"

我说："太好吃了，来点醋吧。"

她起身去给我拿来。

我说："能不能天天过来蹭饭？"

她说："随意。"

我说："那我能不能在这打个地铺啥的，你这房间太暖和了。"

她说："你想得美，这是我家。"

我自知不能奢求太多，就问她工作怎么样，过年回不回家？

她说："工作一般，过年不回。"

我说："你怎么跟个女汉子似的，你生活也太没情调了吧？"

她指着房间说："我正一件一件地添置我的家，有了这个小窝，我觉得生活越来越有滋有味。"

我感叹加夸奖道："大设计师，这破房都能通过你妙笔生花，赶明我买了大房子，一定找你设计。"

林夏说："我设计费可不便宜。"

我说："如此闺阁，偏偏差了一样重要的东西。"

她说："我这不在置办嘛。"

我假装大仙儿的口气说道："阳气不足。"

林夏"切"了一声，也没接下文。

4

一年后，我重新换了工作，也换了地方，住在静安区。

这期间，我们几乎断了联系。

那一年的夏天格外热。我除了忙工作外，喜欢四处乱跑。每逢周末，我就坐着地铁，穿过上海的大街小巷，我希望能泡到一个妞。

那天，我刚走出地铁，就被一幅大海报迷住了，这海报有一种让人购买房子的欲望。我一眼就看到了海报上林夏的名字。

我不知道这个林夏是不是我认识的那位。于是，慌忙找出她的手机号，拨了过去。

林夏接通后，声音沙哑地说道："你有什么事？"

我惊呼道："我靠，你现在出名了呀，满大街都是你。"

林夏说："工作需要而已，没什么大惊小怪。"

我腆着脸说："不行，你要请我吃饭。"

林夏说："那你晚上来我家里吧。"

我问："你家在哪啊？"

她说："老地方。"

于是我又去了七宝街，林夏的小房间大变样，简直像是个度假村，里面清爽无比。我不免世俗地问她："现在年薪十万以上了吧？"

林夏说："勤劳致富，理所应当。"

我眼珠子差点掉出来，说道："你月供买个二手房也没什么压力吧，你算是在这里扎下根了。"

林夏撇了撇嘴，说道："你以为上海房是白菜价啊。"

林夏自身也变得楚楚动人，俨然成为一个都市多金单身小白领。

我问她："你怎么破的你家阳气不足啊？"

林夏认真地说："我例假都快停了。"

我厚着脸皮说："我们合租吧。"

林夏这次看了看我，没有拒绝也没答应。

林夏说："我这些天老做梦，而且失眠的次数越来越多。"

我说："你是压力太大了吧。"

林夏说："不是，我觉得这房子太压抑。"

我说："你可赶紧拉倒吧，你就是单身久了出的毛病。"

那次，我没有得偿所愿，还是一个人住在静安。

一年后，我跳槽去了浦东。

我开始追一个刚毕业的小姑娘，天天跑咖啡馆，晚上护送回家。姑娘禁不住生活的重压下爱情甜蜜的滋润，终于答应做我女朋友。

姑娘与我合租在一起后，我像只多情的狗，天天秀恩爱到不行。

林夏给我打电话，说是要搬家。

我说："傻妞儿，找搬家公司啊。"

林夏说："那就算了。"

我也没当回事。

后来，我参加了一次上海同学会，才知道林夏的家里出了事。

我再次给她打电话，林夏装作什么都没发生似的。

我说："你新家在哪儿，我去你那里蹭饭吃。"

林夏还是那句："随意。"

林夏从华昌路换到虹桥路。

这次，她换了个五十平米的二居室，有客厅。

我一进门，就忙着找鞋子换。

她说："没有男士拖鞋，你穿我新买的那双。"

我说："这房子真不错。"

林夏说："我买了，九十万。"

我吃惊，甚至比她还兴奋地说："你这次真有家了。"

我本想问她家里的情况，话到嘴边又咽了回去。

林夏说："如果你想合租，随时欢迎。"

我开玩笑说："你不会找我付贷款吧？"

林夏说："那随你。"

后来，我和小女友分手，准备换房子，突然想起林夏来。

那天，我带着行李箱上门，她还没有下班回来。

我看到门口有一双男士拖鞋，犹豫着要走，但还是给她去了个电话，电话里，我故意诈她："恭喜啊，听说你准备结婚了？"

林夏有点生气地说道："你听谁说的，我他妈月经都不正常，结什么婚？"

我心虚地解释说："你可别生气，我也只是听说。"

林夏说："我在加班，没什么事我就挂了。"

我悻悻然，一个人去了旅馆。

晚上，我辗转反侧，彻夜未眠。我假想了很多种与她男友的辩论。我是林夏在上海的唯一亲人，我只是暂住一个月。

白天，我一个人提着行李箱去了公司。

晚上，我在办公室打地铺。

5

老乡给我打电话，说林夏病了，问我怎么没去医院看她。

我说："你听谁说的？"

他说："我去医院看她了。"

我说："你赶紧把地址发过来。"

大半夜，我去了瑞金医院，两腿发抖。我心想，这傻妞不会得了绝症了吧？

等我找到她所在的病房，林夏正睁着眼看着窗外。

我小心翼翼地推开门，看到林夏扭过头来，脸上挂着泪水。

我突然被这种寂静和满是苏打水的味道镇住，眼睛酸酸的。

林夏见我来了，一声不吭。

我问她："怎么啦？"

她说："肠炎犯了。"

我说："我靠，你吓死我了。"

她美目顾盼吞吞吐吐地说："你去过我家了吧？"

我说："你怎么知道的，后脑开天光了吧。"

她被我逗笑，撇了撇嘴说道："门前的那双拖鞋动过。"

我说："你还惦记着这点破事，你男朋友怎么不来陪你？"

她说："我没让他来。"

我说："那他也太过分了吧。"

林夏笑了说："是有点过分。"

我说："林夏对不起。"

她说："没关系。"

我说："林夏你是个好姑娘。"

她说："他也是这么认为。"

我说："我没地住了。"

她说："跟我合租吧。"

我说："这样合适吗？"

她说："随你。"

我说："你男朋友会生气的吧？"

她说："那双鞋为你准备的。"

我没明白过来。我在她面前没有一点自信。

林夏出院，我去接她。

我把她送回家说："想吃点什么，我给你做？"

她说："饺子。"

我进了厨房，看到两个碗，两双筷子，忙走出来，说道："要不我请你到外面吃吧。"

林夏说："外面做的不干净。"

我说："我不会包饺子啊。"

她说："我来。"

我就坐在客厅的沙发上，心砰砰直跳，想着万一她男朋友回来揍我一顿，我该怎么办。

林夏说："可以吃了。"

我说："林夏我不饿，我要回去了。"

她说："今晚要不在我这里打地铺吧。"

我说："你想坐山观虎斗啊，你男朋友回来一准揍我。"

她说："随你。"

我尿急，去了洗手间，才发现只有一套洗漱用品。

我慌忙跑出来，说道："林夏你是不是有什么事瞒我？"

她说："没有。"

我说："你男朋友不住这里？"

她说："今晚他要来这里过夜。"

我怒："那你还让我打地铺？"

她说："那你走吧。"

我杵在那里，看着她，窗外的风吹进来，特别凉爽。

林夏盯着我说："这双托鞋是专门为你买的。"

我此时才恍然明白过来，一把抱住她。

林夏一动不动，任我这么抱着，眼里充满泪水。

我说："林夏对不起啊。"

她说："有了房子就算有家了吗？"

我说："林夏，有我呢。"

她看着我说："等了这么久，这一刻我好像有家了。"

我们抱在一起，泪中带笑。

青春的故事里，我们颠沛流离，早已忘了为什么出发，却特别渴望能够拥有属于两个人的小窝。它让每个流浪的人心安，让爱情能够取暖。一个人，不足以为家。

愿每个在都市打拼的人，都能够有个小窝，有个朝夕相处的人。

此爱，足以抵挡残酷生活。

我们的爱，自在如风

忽然空中吹起又吹起了微风，还是落叶轻轻在舞动，多想握你的手闭上眼睛，就算只有片刻感动。（《错过》沙宝亮）

推开窗户，隐约发现一道微光，我看到了漫天红润的朝霞，这光景中的魔都颇有些梦幻，使我经常会莫名感动。然后整个城市都会忙碌起来，只有空气中流动着的风，和我们巨大的秘而不宣的默契。

1

和林夏在一起后，我们养了一条狗。因为我们都爱喝胡萝卜汁，所以叫它胡萝卜。

"主啊，感谢你赐予我们食物。"林夏总会在饭前虔诚自语道。

一旁的胡萝卜摇着尾巴也一脸虔诚地望着我们俩，林夏"扑哧"笑了，将自己碗里的食物拨一半给它，胡萝卜吃着主赐予我们的豆浆油条，津津有味。

林夏每天都要加班到很晚，那段日子我又在忙着换工作，我想找个离我们家近一点的地方工作。

空闲下来时，我轻声告诉林夏说，自己一直喜欢写作。林夏鼓励我："做自己喜欢的事吧。"

我在网上广撒简历，像一个刚毕业的大学生，一头扎进求职的大军。频繁跳槽让我在职场中失去了很多机会，因为没有一家公司喜欢这样的求职者。

投简历的那段时间，我试着为林夏做饭。结果油在锅里起了火，我当时有些蒙，赶紧舀了一碗水进去，只听得"滋"的一声，火苗窜得老高。我忍着被灼热烫伤的痛苦，一把将锅端了下来。

结果，我就成了病号，两只手包得像粽子。

我的好友猫步旅人说："我就喜欢你这种傻缺做起事来认真的样子。"

我送给了他三个字："滚远点。"

手烫伤后，我完全像个废物，林夏心疼我，每天给我换药、做饭，那段时间工作没找着，却把自己给养胖了。

胡萝卜在家陪我，我无聊，它却很开心，整天叼着我的鞋子满屋子跑。

我看着那一张张房贷清单，心急如焚。

于是，我给我的好朋友猫步旅人打了电话。他欣然接受了我的邀请。

猫步旅人这人古道热肠，就是嘴太损。

我在沙县小吃请他吃饭，猫步旅人啃着肥腻的鸡腿，满嘴油腻地告诉我："你现在是残疾人，找工作不合适吧？"

我说："你把吃下去的鸡腿完整地吐出来，我就不麻烦你。"

他说："我不和残疾人计较。"

那顿饭，我们俩加起来总共消费了26元钱，当我不方便掏钱时，还是猫步旅人帮我从屁股兜里掏出来的。

我说他这人抠，他倒是一脸死猪不怕开水烫的架势说道："你说请我吃饭，那就必须你请，这是原则问题。"

我揭他老底，刚毕业那会，我拉上他去穷游，我俩都穷，他非要住一家三星级酒店，我俩只能拼一个房间。他躺在软若海绵的大床上，开始数落我："我们可以吃的差，但要懂得享受幸福。你要记住这种幸福的滋味。"

对，我到现在都记得那种滋味。

他为了赚回我们的房费，愣是将房间里的空调开到最低，洗浴调到最热，电脑音乐的声音放到最大，还念念有词道："主啊，你说有了光，便有了光。"

后半夜，我被冻醒，我才发现身上的被子不见了，坐在一旁的他裹着棉被，冻得瑟瑟发抖。我嘲笑说："这就是你说的幸福的滋味吧。"

用他的话说："知道在上海最怕的是什么吗？是没有朋友，没有人陪。"所以，我理所应当地就成为了他唯一的朋友。

酒足饭饱之后，他走在大街上，我若无其事地跟随其后。他转过头问我："你还在坚持写作吗？"

我说："不可以吗？"

他说："你工作的事，我尽力。"

对，就是尽力这两个字，他救了我。

猫步旅人只字不提他怎么说好话，请人吃饭，陪人唱歌，只说了一句："工作给你搞定了。"

他第一次就给了我一个写剧本的活，说是要拍成网络剧。

我激动得差点落下泪来，一把搂住他就要亲。

这时，我的林夏回来了，看到这一幕后一脸吃惊，有点不知所措。

猫步旅人有些尴尬，脸红地解释道："主说，你所看到的一切都是假象。"

我把事情的原委告诉林夏，林夏大为感动。差点也要抱他，被我严词厉色地否绝了。

就这样，看在上帝的份上，他成为了我和林夏的好朋友。

工作不需要坐班，我只需在家里，对着电脑打打字，写写故事就好。

林夏心疼我，觉得我的双手还没好，不让我劳动。

我环抱着她的腰，狠狠地吸吮着她秀发的香气，轻声说道："亲爱的，我想让你幸福。"

林夏被我这么抱着，微风从窗户边吹进来，胡萝卜坐在一旁，摇着尾巴，双目炯炯有神地看着我俩。它不明白，这种感觉叫幸福。

晚饭后，我俩躺在被窝里，亲热了一番后，我郑重地说道："林夏，我想把我们的故事写出来拍成网络剧，你就是故事里的女一号。"

林夏紧张地问我："这样不好吧。我又没什么值得写的。"

我跳下床，把林夏拉下来，用充满磁性的男低音问她："林夏，你为什么选择我？"

林夏有些不知所措地说道："我们认识这么多年，日久生情呗。"

我又问："什么，我们才同居没多久啊，怎么就日久生情了呢。"我故意把"日"字提高了音调。

林夏听出猫腻来，拿手捶我。

我一把将她扑倒在床上，甜甜地睡去。

2

手上的伤彻底好了的时候，我已经敲击键盘半个月了。刚开始忍着皮肤撕裂的疼痛，敲击着我和林夏最美的开始。

林夏工作上开始不顺，这是我意料之中的事。哪个职场都有操蛋的办公室政治。林夏那天下班，心情很沮丧。

我说："我发稿费了。咱们今天去外面吃吧。"

林夏唯一一次听我的话，同意去外面吃。

走在热闹的街道上，大家似乎都生活在幸福的漩涡里。我拉着林夏走进一家甜品店，点上她最爱吃的甜品，而我假装说不饿。

看着林夏吃甜品的样子，我恨不得将生活打包在里面，让她咬上一口，芳香四溢，甜彻心扉。林夏身上穿的还是去年的裙子，她最近很少用化妆品了。她的额头上起了头孢，一定是压力太大。

晚饭后，林夏心情好很多后告诉我，她被调薪了。

我假装不在意道："咱拿的钱少了是好事，工作量也少了呢，终于不需要天天加班了。"

林夏欲言又止，我知道她心里想的是什么。

走过阔叶梧桐环绕的街道，街边的路灯很刺眼，公交站牌下站着几个加晚班的年轻人，他们的脸上写满倦容。

黑夜漫过街角，我在一家橱窗前停下来。这是林夏看了好久都没舍得买的品牌，今天我打算为她买了。如果用钱能买到幸福，那我一定愿意挥金如土。

林夏嚷嚷着不要，我让服务员打包后，不敢告诉她，自己装进包拎着带回家。

林夏平时买起家里的锅碗瓢盆，真的是大手笔，说是要用就用好的，毕竟日子长久。

那晚，林夏躺在我怀里，把我抱得很紧，我突然想到小时候，我也是这样抱着妈妈入睡。

稿子进行到一个月时，我将写好的几集剧本发给猫步旅人，他很快就给我打来了电话。

"辛，你的剧本写得很棒。我相信影视公司肯定会喜欢的，真替你高兴。"

我有些激动，被人认可的滋味无法言喻。

他在电话的另一端说道："我明天就让公司给你打预付款。"

我欣喜地邀请他来我家吃饭。

第二天，当他提着十万元现金走到我家时，林夏喃喃自语道："主啊，感谢你赐予我们食物。"

晚饭吃得很开心，酒足饭饱后，我让林夏帮我们沏茶，支开了她。

猫步旅人说："你就踏踏实实写，我呢，帮你找个团队包装一下这个作品，增加它的曝光量。"

我不懂运作和营销，这是他的专长。他说，每一个东西都可以是商品，如果包装精美，质量又很好，一定能卖个好价钱。

我相信他，因为他是我们的好朋友。

猫步旅人走后，我看着自己挣的第一个十万，还是有些激动。

林夏心疼地说："这都是你一个字一个字抠出来的。"

我说："我的手可是金手指。"

她说："咱俩的故事也能赚钱，真开心。"

我说："平凡人的爱情本来就难能可贵。老婆，你寄一些钱给家里吧，你妈不是病还没好吗？"

林夏鼻子有些酸，泪中带笑道："谁是你老婆啊？"

我说："今年过年就去你家提亲。"

在你以为山穷水尽的时候，幸运却悄然降临，我知道那不是什么幸运，而是我们一直努力和准备着，等待机会的适逢其会。而我们所以为的人生谷底，在人生的这个时间轴上，只是一段波浪。我们只有一直前进，才能看到峰顶的风景。

3

我在家端坐在电脑前，敲击了三个月，颈椎开始出现炎症。

林夏下了班就会给我揉揉。

有一天，林夏看到我哭，跑过来问我。

我说，在故事里，我们仿佛经历了一生，可是，在生活里，我们只是刚开始。

猫步旅人给我打电话过来，我以为会有好事。

他声音里透着沮丧道："彭辛，剧本的事出了问题。"

我声音开始颤抖，问他："到底怎么啦？"

他说："那家购买剧本的影视公司，拍了个电影亏完了，公司也倒闭了。"

我没有接话，胸腔里已经翻江倒海。

时间仿佛突然静止下来，按了暂停键，一切都像是个考验。生活是如此陌生，让人无能为力。

没有了稿酬，我还坚持吗？房贷怎么办？父母怎么办？

我要找份工作了，不然林夏压力会很大。

我开始投简历，这一切我都没告诉林夏。

胡萝卜傻呵呵地撕扯着我的裤腿，被我一脚踹了很远。

林夏说："快过年了，我们还是回老家过年吧。"

我一个人端坐在广场中央的石阶上，看着翻建的购物广场，广场旁边的高架桥上，地铁载着人们的梦想开过去，有人群在广场上走来走去，有人提着购买的物品一脸幸福，有人吃过晚饭在散步，有人陪孩子在喷泉边嬉戏，这多么像一个电影场景里的慢镜头。我突然感觉到累，一种巨大的疲惫感向我砸来，我只想好好睡上一觉。

有一句话叫做福无双至，祸不单行。那天，我信了。

林夏的妈妈病情严重了。林夏听到消息后，失了主心骨。

我打算和林夏回山东看她妈妈。

我给她的哥哥打电话，问了病情。哥哥说是脑溢血，开刀的话，岁数大了怕撑不过去，想让家人回来见上一面。

我说："那还开刀干吗？"

他哥说："不开的话，就是这几天的事。"

我没敢把实情告诉林夏，骗她说只是需要做个大手术。

我们简单收拾了几件行李，我便拉着林夏直奔机场。过安检时，林夏听到"滴"的一声哇地哭了。

我拉着林夏走进候机室，躲过安检员异样的眼光。

飞机上，林夏一语不发。我端坐靠窗的位置望着窗外，飞机缓缓上升，脚下的城市渐渐变成灰蒙蒙的一片，完全看不出繁华的景象。

飞机在青岛停靠，我们下了飞机搭上车直奔医院。北方冬日的街道，白云斜挂在天空的一角，阳光清冷，让人提不起精神来。而街道上的行人多了起来，大家都为迎接新年的到来表现出极大的热情。

到了医院已是下午，林夏像头受伤的豹子跑向重症监护室。我紧跟在后面。

到了门口，林夏忍不住哗哗的泪水，不敢去推开那扇门。我一把搂住她的肩膀，轻轻敲开房门。

病房里一片沉寂，林夏的大哥和嫂子都在，病床上躺着的那个骨瘦如柴的母亲，就是我未来的岳母。

林夏冲到床边，声音颤抖地喊了声："妈，我回来了。"

全家人在一旁抹眼泪，而岳母没有任何反应。我拉过她的手轻声说道："阿姨，我带林夏回来看你了。"

大哥拉我走出病房，声音沙哑地告诉我，家里已经没钱给岳母做手术了。

我握住大哥的手，一句话也没说出来。我赶紧拨通远在上海的猫步旅人的电话："哥们儿，人命关天，先给我十万块钱。"

电话那端，我的朋友毫不犹豫地说："我这就给你转过去。"

钱的事解决了，手术安排在第二天上午，医生说，那是个好日子。

我和林夏守夜，让大哥大嫂回去休息。半夜，岳母突然醒过来，林夏赶紧拉我，我握住岳母的手，轻声说道："妈，我带林夏回来看您啦，您放心，咱们明天开个刀就好了。"

老太太握住我的手气若游丝地说道："孩子，上了年纪怕是撑不过去了。以后林夏就交给你了，你们俩可要好好过日子。"

林夏失声痛哭，我在一旁安慰。

第二天中午手术，岳母没能走下手术台。昨晚她叮嘱我们的最后一句话，犹如一道闪电劈在我的脑海里。

办完丧事后，我家和大哥大嫂家碰了面，算是把婚订了。

我们在家过完新年，就早早赶回上海。飞机上，我一直握着林夏的手，望着窗外灯火辉煌的夜上海。

回到上海，我顺利通过面试，找到了工作。林夏那段时间总是恍恍惚惚，我建议她多休息一下。

有天当我乘坐着地铁，望着面无表情的人群，突然想到，谁不是在小心翼翼、精打细算地生活着？

重新工作的我，拼命努力。这样才能让我的林夏少受点苦。

林夏生了一场大病，我每天下了班伺候她。

林夏说："彭辛，我们结婚吧。"

我鼻子一阵酸，狠狠地点了点头。

我们领证那天，身边没有亲人，只请了我们俩共同的好朋友猫步旅人。我建议去外面吃，林夏不同意，我只好随她。

一顿简单的饭，让我娶了全天下最好最善良的女人。

猫说："你就偷着乐吧。"

我说："只要我活着，我就不让林夏受罪。"

林夏说："我很幸福。"

闲暇之余，我把我们的故事继续写了下去。故事里有花前月下，也有生活中的酸甜苦辣。

猫找到了愿意购买影视改编的公司，但价格不合适。我请他来我家商量，我们何不创业呢。

猫举双手同意。

公司成立，我们只有两个人。我笑着给林夏打电话："老婆，恭喜你成为老板娘。"

林夏"扑哧"笑了说道："你们公司还要人吗？"

我说："只要大美女。"

庆祝晚宴还是在家，我和林夏下厨，猫坐在我家沙发上翘着二郎腿一脸奸笑。

他说："你们俩真抠，都是当老板的人了。"

我说："你要嫌弃，我们俩吃，没你的饭。"

林夏说："猫，这可是我花了血本买的餐具和饭菜，不比餐厅里差。"

我们仨围成一桌，像是一个队伍。

我们举杯，不是为了庆祝，而是为了感恩，感恩生活给予我们的历练。

4

当我将第一辆新车开回家时，林夏坐在副驾驶的位置美滋滋地看着我，露出甜甜的笑。林夏轻声在我耳边说道："彭辛，我爱你。"

我摇下车窗，望着远处天空，白云轻盈自在地飘来飘去，我知道那是风的功劳。

当时间犹如远处轻盈自在的白云飘来飘去，我想告诉亲爱的你，我们的爱自在如风。

你站在人群中间并不孤单

　　既然做自己喜欢的事，就不要在乎得失；既然爱自己喜欢的人，就要去争取在一起。不望过去，不想未来，过好今天，只做今天喜欢的事，不留遗憾。

1

　　不安小姐收拾完手里的资料，关闭了火力全开的模式，顿觉累成狗。她看了看空旷的办公室，晃眼的白炽灯让人有些头晕。

　　她捧起桌子上的多肉植物，给它添了点水，带上围巾和口罩，走出办公室。

　　北京的冬天，冰冷的夜晚夹杂着些许的湿润；远处的天桥上，喝醉的人躺在地上肆意地唱着《北京，北京》；呼啸而过的地铁里，人群像三文鱼一样逆流而上冲出来。在地铁的衔接处，不安小姐面无表情地站着。伴随着铁皮车厢的摇晃，她跟着扭动起来。

　　"喂，您好，这里是首都国际航空。"

"你好，给我订一张飞往海南三亚的票，最早的一班，头等舱。"

"您好，凌晨3:00点您要订吗？"

"要！"

不安小姐好久没坐过这么久的飞机了，日夜颠倒，两颊双陷，双脚麻木到伸不进鞋子里，机长欧巴将飞机开得像过山车一样惊险刺激，她吓得喝了好几杯奶茶压惊。

不安小姐拘谨地躺着，紧张地盯着天空迎来震撼的日出。机窗外的早晨，阳光正好，椰树成林，海水似琥珀般让人沉醉。

飞机落地，不安小姐走下飞机后喜极而泣，她只顾着站在那里，大口大口地吸着新鲜空气。

很快，不安小姐开启了强大的御姐模式。找酒店入住，买地图导航，而且吃了一大份菠萝椰汁炒饭。习惯了北京的寒冷，她反而觉得三亚太暖，随处可见的沙滩裤和比基尼提醒着她现在已远离首都十万八千里。

不安小姐打开手机，发现只有一条短信："尊敬的用户，您目前的话费余额不足。"

不安小姐笑了一下，索性将手机关掉。

蓝天、碧海、金沙滩、阳光充足的海景房。不安小姐推开门，房间的音乐便响起来了，银灰色落地窗帘和翠绿色的地毯将房间装点得美丽万分。

不安小姐打开花洒，赤裸着躺在浴缸里，泡泡球附在肌肤上，有些痒。阳光透过窗帘洒了进来，她裹上浴袍，身体仿佛处在云层里，她往后倒在柔软而又富有弹性的大床上。

放松，放松，还是放松。

2

不安小姐是典型的北京大姐，摩羯女，外表冰川、内心活火山，不安小姐说，她只相信自己的第六感。

她有房有车，却在三十岁的尾巴上，成了一枚剩女。不安小姐有句非著名的口头禅："剩女不是剩饭，你可以不吃，但不可以埋怨没有卖相。你请便，我随意。"

不安小姐过三十岁生日的那天，大喊大叫着告诉闺密："我要作妖一百年，誓死将单身玩完。"

闺密一脸苦笑，虽然不大懂她这话的意思，但还是发动朋友圈帮她寻觅意中人。可是无论是帅逼吴彦祖还是忧郁似梁朝伟的男人都被不安小姐一个个轰走了。惹得闺密尴尬不已，进也不是，退也不是。

那个夏天，《董小姐》大火，不安小姐也会哼唱两句："爱上一匹野马，可我的家里没有草原。"

那天，不安小姐第一次喝多，事业受挫，内心惶恐。

她开不了车，醉眼朦胧，迷迷糊糊按了半天手机，终于成功地叫了一辆专车。

五分钟后，一辆私家车停在她的面前。

她一把拉开副驾驶的车门，钻了进去。

"姑娘，喝酒了吧？"

不安小姐迷瞪着双眼反问道："喝不喝酒跟你有关系吗，我喝酒没开车，你还能抓我？好好开你的车！"

一载客便被骂，主驾驶的男司机猫先生无奈地摇了摇头，他打开CD，狭小的空间里立马飘荡着"我在这里想起和你离别情景，你站在人群中间那么孤单"的歌声。

不安小姐冷不丁温柔地问道："嘿，这是谁唱的啊？真好听，真懂我。"

猫先生微笑道："许巍唱的。"

"反胃唱的？没有啊，我觉得唱得挺好，不反胃啊。"

猫先生兀自笑出声来，这姑娘醉到连许巍都不认识啦，便一字一顿说道："是许巍唱的，那个著名摇滚歌手。"

"你以为我真傻啊，我知道许巍，他有一首歌说爱上一匹野马，可我的家里没有草原。我问你，你家里有没有草原，谁他妈家里能有草原啊，你以为你家是科尔沁草原啊。"

"小姐，你好。你到家了，车费五十。对了，顺便说一句，我叫猫先生，很高兴遇见你。"

"哦，到科尔沁大草原了，谢谢啊。"不安小姐酒醉未醒，迷糊地回道。

猫先生将不安小姐扶下车时，不安小姐摆了摆手。

"你不用客气，你车费还没给呢。"

"你，哇……"不安小姐吐了猫先生一身。

猫先生只好安静地站在那里，任她吐个不停。不安小姐吐干净了，才发现全吐在猫先生身上。

"哦，不好意思啊。我，哇……"

猫先生脱掉上衣，赶紧拿面纸帮她擦拭。

"你这是跟自己有多大仇啊，非要这样伤害自个儿身体。害得我也被吐了一身。"

不安小姐指着他说:"你将上衣脱了,我给你洗。"

"别了,我看你也到家了,我就先走了。"

"哎,我车费还没给呢。"不安小姐跑到车头前,挡着去路。

"姑娘,我不要了,你赶紧回家吧,我还要去接孩子呢。"说着,打着闪灯转了圈飞驰而去。

不安小姐将包落在了车上。

正当她快走进家门时,有个车飞驰而来。

"姑娘,你的包。这是我的联系电话,别忘了给我车费。"话毕,车子又潇洒地开走了。

不安小姐第一次在别人面前囧极了,好像当众被人扒了衣服。

3

不安小姐就这样和猫先生认识了,借着中国移动的帮忙,一条条暖心的短信开始在他们之间传递。

原来猫先生是个自由职业者,开了一家小酒吧,闲暇时也是一个背包客。最重要的是,他对不安小姐有好感。他从没有遇见过这么个真性情,美丽大方的女人。

不安小姐运用自己强大的逻辑分析道:"三十出头年纪,有孩子,又有一酒吧,经济无压力,做男友最好不过。可是,他有一孩子,有一孩子,一孩子,孩子……"

他有家室,不安小姐泄气地问他说:"你招惹我干吗?"

自此,猫先生再来短信,不回;电话,不接。不安小姐心想,你以为你是奥巴马呀，我就不接。

不安小姐那段时间，工作不顺心，觉得与其在公司耗着浪费光阴，不如另谋出路，她索性提交了辞呈。送别晚宴上领导抚摸着不安小姐的光滑大腿根不怀好意地说道："不安小姐啊，你就是不识时务，以后就跟了我吃香喝辣的吧！你每天就逛逛街、购购物怎么样？"

不安小姐面带微笑地说道："我不喜欢逛街，更讨厌你的咸猪手。你再这样，我分分钟报警。"

欢送晚宴不欢而散，本来该她有的工资奖金，领导以各种理由克扣了不少。但不安小姐却认为取得了胜利。因为看着领导那油腻丑陋的嘴脸，不安小姐只想到四个字："卑鄙下流"。

不安小姐一气之下，订了一张飞往科尔沁的航班。

不安小姐在大草原上骑马驰骋，累了将马儿放在一旁吃草，自己躺在大草原上，听着风声穿过草尖，内心从未感到如此平静和释怀。

只是，不安小姐对草原上的饮食很不习惯。早晨起来的酥油茶、手抓饼噎得她的小肠胃受不了；中午，手扒羊肉那个腥臊味她也实在受不了；更不要提晚上再重复一遍腥臊味的难以下咽了。

一个星期后，不安小姐精致的小脸失去了光泽。缺少了水分和光泽的脸，看起来仿佛她的整个生活都是粗糙的。

确实，这段时间，手机信号一会儿有，一会儿无，她只好过着这种原始而粗糙的生活，面朝草原，满眼风沙。

在草原上的第七天，刮起了沙尘暴，风夹杂着草的清香和沙砾吹了整整一夜。

第八天，不安小姐生了一场大病，脸开始浮肿。她挂着点滴坐在小毡房里，看着夜空中闪亮的星星，远处有风掠过毡房。满月挂在湛蓝的天空中，像个剪纸贴在上面。

她突然想起听到的一首歌：

天边夕阳再次映上我的脸庞

再次映着我那不安的心

这是什么地方依然是如此的荒凉

那无尽的旅程如此漫长

我是永远向着远方独行的浪子

你是茫茫人海之中我的女人

在异乡的路上每一个寒冷的夜晚

这思念它如刀让我伤痛

总是在梦里我看到你无助的双眼

我的心又一次被唤醒

我站在这里想起和你曾经离别情景

你站在人群中间那么孤单

……

（《故乡》许巍）

不安小姐病好后打算立马回北京。这种生活她已然过够，是时候回到现实生活中继续顽强奋斗了。不巧，她居住的当地牧民家里的小孩犯了癫痫病，家人将他捆绑起来关在毡房里一整天。

不安小姐心疼地问："他那么痛苦，你们为什么不给他医治啊？现在医学这么发达。"

小孩的父亲抽着烟斗惆怅地说道："今年草原水草不好，圈里的羊群卖不上好价钱，等到了秋季，我们打算全卖了，带小孩去北京看病。"

小孩母亲眼睛突然发着光问不安小姐："姑娘，听说你是北京来的，北京的医院能治好吗？住院费用贵吗？"

不安小姐嗓子有点哽咽，忙解释说："你们放心，北京有最好的医疗，相信一定能治好他的病。"

隔着毡房，小孩号叫的声音清晰可闻。

临走那天，小孩母亲提着晒干的羊肉非要不安小姐带上，不安小姐推搡着不肯收下。小孩母亲操着不标准的普通话说道："姑娘，你可以留给我们一个联系方式吗？北京那么大的城市，我们人生地不熟，好在我们认识了你，等我们过去的时候肯定有麻烦你的地方，你就收下这点羊肉吧，也让我们安心。"

不安小姐第一次觉得自己很重要，被人需要。她留了电话和地址后，拖着羊肉干趔趔趄趄地走向车的方向。

车子开动时，小孩父亲抽着烟斗，母亲招着手向她告别，他们带着对生活的逆来顺受就那么笔直地站在草原上。此时天边夕阳再次映上不安小姐的脸庞，风吹草低见牛羊的景象让人觉得一切是那么美好，好像坏事不曾发生过一般。

4

回到北京，猫先生开车接她。路上跟她开玩笑说道："一周未见，你怎么变成村妇啦？"

突然，这句话像点燃了她敏感的神经，不安小姐"哇"地哭出声来，吼道："我要下车，我要回草原去！"

猫先生赶忙停车，连忙道歉，安抚起不安小姐来。

不安小姐望着远处的城市，突然觉得这里充满了冰冷，人群到处穿梭，她第一次相信处在生活里，身不由己。

"猫先生，跟你商量个事，你有没有朋友是做医生的？"

"问这个干吗？你生病了？还是在外一夜风流，种下种子了？"

"你真让人讨厌！你只需要回答有还是没有。"

"那你先回答，你袋子里的羊肉干怎么回事？"

"我朋友送的。"

"当地牧民送的吧，你跟人关系处的不错嘛。"

"有还是没有？"

"有啊，你先别急，我这朋友做什么医生的都有，兽医、精神病医生、心理医生，你要哪种？"

"那就来个治神经病的吧，先给你治治。"

后来猫先生知道不安小姐对牧民许下的承诺后，积极地帮不安小姐找了一家著名医院的外科医生，托了很多关系跑了很多腿，但猫先生对不安小姐什么都没说。

不安小姐拨通远方的电话，听到那边传来的笑声和感激声，不免热泪盈眶。

这时，不安小姐才发现自己已经爱上了猫先生。

他们一直保持着联系，有时候会约会看场电影。

5

第一次约会被猫先生安排在一家高档的西餐厅，不安小姐中途去了洗手间，回到座位后看到周围的人都对着她咯咯地笑。

这时，猫先生站起来，轻声地说了声抱歉，就匆匆离开。不安小姐很疑惑，以为自己嘴巴上沾了什么异物。后来突然一想，不对啊，今天大姨妈突然造访，不会是裙子被染红了吧？她赶紧偷偷摸了一下后面，没有湿湿的，这才如释重负地长舒了一口气。

突然，她下意识摸了一下包包里的卫生棉，那个卫生棉不见了。

她这才想到，她的包是两层的，大包里面套了个小包。她一般把贵重物品放在小包里，今天出门时为应付大姨妈造访，她顺手就把一个卫生棉放在小包里以备不时之需。她刚刚上厕所时从小包里掏纸巾的时候，是不是卫生棉也甩出来了。想到这，她羞红了脸。

整个餐厅都看到她甩出的卫生棉。

她赶忙回过头来看看四周，并没有发现卫生棉尴尬地躺在地上。奇了怪了，难不成她的卫生棉长脚跑走了不成？可是看看周围人看她的眼神，仍然是欲笑还休的样子，她顿时气到不行，猫先生到底去哪了呀，莫名地扔下她离开。

她正准备打电话询问猫先生时，猫先生风风火火地从外面走进来。

不安小姐不看不知道，一看吓一跳，他手上多了两包苏菲，边走边笑着，大大方方地把两包苏菲摆在桌上，大声说道："对不起，亲爱的，昨天忘给你买了。"

这时，整个餐厅的食客都安静了下来。原来，是猫先生默默捡起了她的卫生棉。不安小姐满眼感激地看着他，又感动又好笑又好气，她一拳头挥到猫先生的身上，轻声说道："这回原谅你了，下回必须提前买好。"

两个人有说有笑地享受完这顿美食后，信步闲庭地离开了这家餐厅。出了餐厅，不安小姐才如释重负地说一句："下次我再也不要来这家餐厅了，丢死人了！"

猫先生笑道："是我比较丢脸吧。"

"这家餐厅我再也不来了，我再也不来了！"说罢，两人会心地笑起来。

不安小姐不自觉地牵起了猫先生的手，紧紧地握住。走了一段路，不安小姐脸还是红红的，她咬着猫先生的耳朵说了两个字："谢谢。"

猫先生猝不及防转过头来，吻在她的唇上，轻声说道："给我一个机会照顾你好吗？"

不安小姐害羞地说道："要不下次，把你儿子带出来一起吃饭吧。"

猫先生没有说话，只是感激地捧着她的手哈着热气。

6

那年，北京的冬天特别冷，不安小姐穿上厚厚的羽绒服。她再次收到来自远方的礼物，一大包羊肉干。

不安小姐下了班，开着车穿梭在高架桥上，拨通了猫先生的电话。

"听说，北京今晚要下大雪。"

电话那头传来："哦，你多穿衣服。"

"我给你带了一份礼物。咱们出来见一面吧。"

猫先生重新点上一根烟，声音里有点颤抖："我儿子不同意我们在一起，为此我还动手打了他，我知道打他是我不对，孩子还不理解我们，你现在愿意跟我吗？"

此时天空开始飘起了雪花。雪花自由自在地飘向人群。

不安小姐感到无比大的压力："请给我一点时间，让我想想。"说完，她挂了电话。

于是她订了飞往海南的机票，逃离北京。

三亚的早晨，不安小姐独自一人走在海边，天微亮，人不多，度假的人们总是贪睡，而她享受着难得的安静，只见阵阵海浪随着风轻柔地拍打着岸边，旋即退去，也许它们也怕寂寞，也怕没人理睬。

她想明白一件事，既然做自己喜欢的事，就不要在乎得失；既然爱自己喜欢的人，就要去争取在一起。不望过去，不想未来，过好今天，只做今天喜欢的事，不留遗憾。她决定让他的孩子喜欢她。

远处的石头上铭刻着："天涯海角。"

不安小姐打开手机，拨通了电话。

Chapter Five
每个人都会因爱相遇

不 想 与 你 相 见 恨 早
Don't wanna meet you too early

你的脚步不缓不急，正好隔着生活。我的苦涩不增不
减，恰逢去日苦多。每个人都会因爱相遇，穿越时光来
到这里。我们握手言和，彼此笑而不语。

你在我后半生的城市里，长生不老

明天太远，今天太短。（《鸽子》宋冬野）

我想，身后的这座城市，或许真的回不来了。

1

2014年8月1日，我一早就开着借来的车上了京沪高速G2，因为是节日的缘故，高速上车辆能堵成脑血栓。

我暗暗叮嘱自己，今天是个大喜的日子，权当婚礼的车队了。

到了江阴界，我看着导航仪上离终点还有五百公里的数字时，不免着急上火。越急越不行，偏偏碰到前面车辆追尾。堵车期间我也没让自己闲着，和一旁的一个女司机胡侃开来。

"你说好笑不，我上个月被一女司机追尾，心想好男不跟女斗，双方约定去定损。结果我苦等了一个多小时后，女司机才姗姗来迟。我问：'你是不是不想理赔啊'那女司机道歉道：'对不起啊，因为着急，过来的路上又把别人的车给蹭了。'"

我讲完等旁边的女司机说话，半天没反应。我纳闷地问她："你说奇葩不？"

旁边司机开口说话了："你他妈是在说我吧？我就是去定损的。"

我赶紧摇上车窗，尴尬地摆了摆手，心里一发狠，于是改道上了229省道。

改了路线后，心情跟刚排了大便一样舒畅，看着微风中起伏的稻田和涛涛河流，心情不免开朗起来。出门在外，安全第一，荒村野岭还是要提防自身的安全。

CD里正播放着宋冬野的那首《鸽子》："迷路的鸽子啊……"

我大骂："唱得真他妈矫情！"却还是跟着哼唱起来，一路唱下来，觉得还能听听。

车子带着泥土的气息和红尘中的烟火，卖力地奔驰着。

走到盐城地界，车子趴窝了。这下把我急得焦头烂额，远处都是稻田，道路上连个人影都看不到，上哪里去找拖车啊。

我下车仔细看了看，发现道路上有碎玻璃渣子，暗想不好，莫非是沿路打劫的惯用伎俩。

我就坐在车里死等路人。

三个轮子的车来来往往过了好几拨，我打算拦车询问，却都吃了一鼻子柴油尾气。

天无绝人之路！我要想办法自救，拿出手机摇着微信，突然蹦出一个名叫"寂寞小野猫"的人，正是驾驶的头像。我迅速加她，理由是"在省道上落难的小狼狗"。

之后，我把能摇到的陌生人全加了一遍，希望能有人来解救我于危难之中。

终于，寂寞小野猫通过了请求。

"我是小狼狗，你好小野猫，江湖救急啊。"

那边回复："你神经病吧，寂寞小野猫是给我老公叫的，找抽！"

我一看心一惊，看来江湖术语不懂，野路子行不通。忙改口文质彬彬道："你好美女，我在229省道，没有收费站路段，车子抛锚，你能帮忙吗？

又赶紧下车将瘪气的轮胎拍了个照，发了过去。

"嗨，还真是的。活该，呵呵呵。"

我一脸火气，心里想骂人，但嘴上软声细语道："美女，我到底做错什么了？"

小野猫回复道："我他妈是做保健按摩的，又不是修理工，你到底做不做啊。"

我万念俱灭，遂删了这只小野猫。

天色越来越晚，我一点办法都没有，只好拨打110，求助当地的公安人员。

打完电话，心情又好了起来，嘴里哼着《鸽子》："明天冰雪封山的时候，我也光着双脚。站在你翻山越岭的尽头，正当年少。"

我大声哼唱着，心想，真他妈好听。

2

这时，有辆车子打着闪灯开过来，停到我的位置，那边摇下车窗。

我担心是打劫，装作满不在乎的样子，掏出握力棒，"呼哧呼哧"很连贯地做了十个。

那边，车窗摇上去，打灯准备启程。

我才用余光瞥了一眼，发现是沪G牌照，我顿时觉得找到了亲人，忙打开车门大喊。

车子总算倒回来了。

"哥们儿，你在这荒无人烟的地方健身呢？"

我一脸尴尬道："哥们儿，车子出了问题，等交警解决呢。你也知道这里民风彪悍，我以为……"

"哎呦，看你车牌就是想搭把手，我后备箱有钢丝绳，带你去修车站吧。"

"哎呦，亲人啊。大哥，来抽根烟。"

"天色晚了，这里确实不安全。"

我坐在驾驶位置，感叹人生。我们总担心人心不古，却也拒绝了很多热心肠啊。

3

车子修好后，已经半夜。

我从没走过夜路，心一横拼了。远照灯打开，夜色漆黑如水，车厢里只有死胖子在唱着伤感的歌。

窗外正是母亲河——淮河入海口，可以看到影影绰绰的塔吊灯光。这里建了一个码头，汽笛鸣叫。

我好久没有看过这样的夜晚。

我记得，2010年刚上大学，我一个人提着行李箱，坐在候车室，也是一个人静悄悄。我多想有人和我说会儿话。告诉我，耐得住寂寞，未来才能守得住繁华。

我记得，那时我坐在长长的列车里，冲进黎明的黝黑，一觉醒来，窗外就是翠绿的山，忙碌的人和湛蓝的海。

我记得，我一个人跺着脚、缩着手站在风雪里等着和女孩子约会，而她爽约后，又是一个人走在雪里，听着脚踩雪地"吱呀吱呀"的声响，那个声音太美，可是无人分享。

我们的生活里总是缺少那个愿意与你分享喜怒哀乐的人，哪怕只做个倾听者也好。

这些画面扑面而来，像窗外黑夜里默声电影。

我一路上风尘仆仆，中途停在了一个北方小镇，吃着油条喝着豆浆，和年迈的大爷唠嗑。

我终于不再抱怨生活，生活中的每一次体验都是恩赐。我们无法选择明天，我们只能享受今天。

4

麦晴是我大学的追求者，据麦晴说，我们好过。

我记忆中，那是一个燥热的七夕，她把我从宿舍叫下来，递给我一个手织围巾。

我说："你想热死我呀？"

她笑："这代表我的热情，我一针一线织了三个月。合适的时候，你别忘了带。"

我说："你真傻。"

她说："只有你觉得我傻。"

七夕的海滩，迷笛音乐节如期举行。我一个人远离激情的人群，静静坐在沙滩上。海水拍打着浪花，空气里夹杂着湿润。

麦晴穿着婚纱跑过来找我，我远远看着她模糊的背影逐渐清晰，心潮汹涌。

麦晴走到我身边坐下，指着海上升起的明月说道："你就像这轮明月，让人暖心。"

我不说话，也说不出来。

在这个海边小城，我的心算是有了个驻足的地方，我问麦晴："等我以后老了，和你一起做邻居吧。"

麦晴说："别啊，要做邻居就现在做，我不知道你能活多大年纪。"

我脸绿。

"谁让你折磨我那么久？"

我苦笑："麦太太你这智商，真为你的麦兜智商着急。"

麦晴生气地说："看到我嫁给别人嫉妒了吧？"

我不理她，指着远处的海唱起歌来："我来到你的城市，走过你来时的路。"（《好久不见》蔡依林）

"想象着没我的日子，你是怎样的孤独。"麦晴跟着大唱。

我说："小晴，你说人是不是很贱，总是失去后，回过头来看时，才发现它成了你难以割舍的东西。"

麦晴说："你这人吧，平时没正形，但正经起来又特别文艺。希望你别丢了这东西。我会伤心的。"

我说:"你就调侃我吧,赶紧回吧,今儿是七夕,你陪我不怕你老公吃醋么?"

"切,小人之心度君子之腹,他就是因为没你这么多花花肠子,我才找他呢。"

听她夸另一个男人时,我心里百感交集:"他人确实不错。"

麦晴为我这句话,高兴了半天。

音乐散场时,我和麦晴突然无话可聊,她想问我在外地生活的情况,我突然爬起来大喊:"我还没要签名呢!"说着跑开了,泪水顺着我粗糙的脸颊滑落下来,略带咸味。我扭头看了看麦晴,心里说道:"祝你幸福。"

5

回去那天早晨,麦晴的老公开车送我去高架桥,我拒绝他,我说自己开车去就是了。麦晴的老公客气地拿出日照的特产,非要我带回去。

我和他推搡,说拿着不方便。他有点不好意思地说:"我们这里是小地方,怕是看不上这些东西吧。"

我笑着说:"麦晴是个好姑娘,好好待她。"

麦晴说:"你要是瞧不上我们家吧,就将这绿茶半路上扔了,如果你把我当朋友,就带上。"

我看了看麦晴什么也没说,带上特产扭头走出门。

麦晴说:"乐乐,下次如果你还是一个人就别来看我们了。"

我扭过头，露出一排牙齿，笑着说："管好你家那位，我对他不放心。"

车子开动时，我假装播音员的语气播报着："各位旅客，这里是日照开往上海的K174列车，祝大家旅途愉快。"我从车窗里望着那片海，海边那个窗户，窗户里有对新人，新人里有我认识的旧人。

明天太远，今天太短。

> 他们在别有用心的生活里，翩翩舞蹈
> 你在我后半生的生活里，长生不老
> ……

我想，身后的这座城市，或许真的回不来了。

6

2015年6月，麦晴家里添了人丁，是个男孩，取名叫麦兜。

麦晴打电话报喜："七斤八两的大胖小子。"幸福感洋溢在话筒里。

我问："要不认我当干爹吧。"

麦晴笑着说："我也正有此意呢，听说上海的奶粉质量好，价格又便宜，以后这个重任交给你了。"

我干笑："干爹不是好当的呀。"

麦晴说，现在进入了旅游旺季，他们在海边盘了一个餐饮店和一家宾馆。她老公主外，她主内。

我说："你这样挺好的。"

她不停地抱怨老公："宝宝有次叫了声爸爸，他兴奋地抱着麦兜在房间里瞎转，一直傻笑说自己当爸爸了。"

我说："他如果敢虐待我干儿子，我立马过去揍他。"

每到深夜，洗澡时热水淋过脑袋，我总觉得那种幸福像一股暖流，渗透到我的每一个毛孔。可是，幸福离这个城市太远。

一个人站成一支队伍

我们在暗流涌动的生活里，一个人泅渡。青春的迷茫和挣扎扑面而来，让我们猝不及防。很少有人真正愿意给年轻人机会，只有我们将自己活成一支队伍，才能把握住随时到来的机会。我清楚二十几岁的人生过的并不好，但我坚信这个不好不可能伴随着我们一辈子。

1

简洁是我的一个女同事，刚毕业不到一年的女孩子。因为和我坐在一起办公，所以关系格外好了一点。

上个月，是她的生日，我特意安排给她订了一个水果蛋糕。

她一到办公室就给大家发生日礼物，女孩子工资不算高，她喜欢公仔，所以给每个人都买了一份。最后，她开心地跑到我这儿来，递给了我一个招财猫。

我虽心里欢喜，还是逗她，故作不解地问："我有这么爱钱吗？"

她有点不好意思地笑道："你就是因为不爱钱，我才送你呢。"

我真为她的智商着急。

蛋糕送来，大家一起为她唱生日歌，简洁感动地哭了起来，平时大家伙各忙各的，也不怎么搭理她，她就一个人坐在我的旁边，感觉没有人在乎她的存在。

简洁脸上、脖子上被大家抹得到处都是奶油，她也顾不得擦掉，赶紧帮大家分蛋糕。大家建议她许个愿望，有个女同事起哄道："我们家简洁一枝花，希望早点找到个男朋友。"

我看了那女同事一眼，似乎在暗示她说错了什么。

简洁喜极而泣地说道："谢谢大家对我的关怀，我的愿望是能留在这里，和大家一起奋斗。"

热闹完，大家似乎对简洁有了一些热情，可能是因为大家手里的公仔小礼物吧。

下了班，我看她迟迟不走，就问她："你不是住的地方比较远吗，坐地铁还需要两个小时，早点回去吧，手头的工作明天再忙。"

简洁一声不吭地摆弄着桌子上的公仔，一男一女，只不过都没有衣服，她小心翼翼地用纸巾帮他们做了衣服后，轻声问我："好不好看？"

我看到后，萌出了笑意。

我因为有事，不打算加班，收拾好东西后准备下班。她也赶紧收拾东西，似乎也有什么要紧的事。

出了电梯，简洁跑来问我："猫哥，今天大家好像对我不一样啦。"

看着她脸上的笑意，我什么也没说，因为我清楚职场里的事只有经历了才最有体会。

简洁打开话匣后，小心翼翼地问我："今天的蛋糕是谁为我买的？等她过生日了我一定还回去。"

我停下脚步，看着她甜美而又青涩的脸，认真地说道："做事之前要学会做人，和大家搞好关系，只有这样你才会每天过得很开心。"

简洁终于忍不住说道："我进公司时，本来和大家嘻嘻哈哈关系挺好的，只不过自从公司把涨薪名额给了我，大家似乎都不理我了。"

"那是你努力得到的结果，应得的。"

她一脸迷惑地说："猫哥，那我以后怎么才能和大家搞好关系？"

我看了看她，问了她一句："你怎么没谈恋爱，没人追你？"

她眼神里充满自信地说道："其实有一个大学同学一直追我，我没答应。我想先忙我的事业。"

这时，黄浦江上，有一条游轮上正在放烟花，烟花在清冷的空气中一闪而过，绚烂而落寞。

她在我旁边直呼："哇，好美啊。"

我早已麻木的心，被她这么一喊，也略微有一丝惊喜。是啊，烟花真的好美，街道上的车水马龙也很美。

我似乎想到了什么，对她说："好好谈个恋爱吧，事业不是你生活的全部。"

她略带羞涩地问我："猫哥的爱情一定很幸福吧。"我不置可否。

她笑着说："猫哥，不跟你说了，我要赶地铁了，不然又挤不上地铁。"

我看着她远去的背影，笑了笑。突然，她转过头朝我大喊："猫哥，谢谢你。"

我的心里某些东西开始慢慢融化，不知为何，我特想念家乡的炮竹，那一声声脆响，和都市里的烟花不一样，它们更浓烈，更奔放。

远处的江面上，烟火还在绽放。

上星期，公司举行了年终总结大会。

我很荣幸地获得一些奖励。当然，职场里总是有赏有罚，它总是摆出一副残酷的姿态，让人清醒地知道什么是优胜劣汰。

简洁由于工作表现不好，面临了工作上的变动。她的直属领导找她谈了话，我不用猜也知道她恐怕在这个公司待不下去了。

我在咖啡间遇到她的直属领导，假装吃惊地问道："听说你们部门的简洁要被调岗？"

"是啊，这小姑娘可能太天真，总以为职场就是个大家庭，以后慢慢会长大的。"

简洁被调岗那天，一直沉默不语。我安慰她，虽说不在一个部门，毕竟还是在一个公司。她"哇"地哭出声来："猫哥，我以后再也见不到大家了。"

我安慰她："等工作出色了，以后还可以回来呢。"

每个人都要面对困难，一个人站成一支队伍。

2

她走的那天，其他同事没有人送上安慰的话，他们都在对着电脑忙着一些永远做不完的活儿。

其实她只是搬到楼下的办公室，虽说只是隔了一层楼，却也是两个世界。

简洁不知是有意还是无心，将她的一对公仔留了下来。我只好帮忙收拾起来。

不到一周，又来了一个新大学生。说话活泼，做事很有效率，和大家混得还不错，一口一个"领导"、一个"哥姐"地叫着。

我有时会突然想起，之前身边那个无声无息、没有存在感的简洁，她可能还在楼下办公室的某个角落默默地忙着工作。

圣诞节快到了，公司准备大办，所有部门都要出一个节目。我看旁边的小伙子会唱会跳，就给他报了名，毕竟这也是他被认可的机会。

圣诞节晚会那天，我看到了简洁，打扮得漂漂亮亮，非常卡哇伊的造型，并且她舞蹈跳得真的很好。

我坐在台下，对她有了一些敬佩，没想到她这么多才多艺，以前大家怎么没发现。

表演结束后，我看到简洁旁边多了个男生，应该是她的男朋友，不过不是公司里的人。

大家吃吃喝喝时，她跑到我的身边敬酒，我夸她："你表演得真好。"

她还是有点腼腆地说道："猫哥，Merry Christmas。"她伸出手臂，等我明白过来后，轻轻地给了她一个拥抱，并轻声地说："你男朋友很帅。"

她笑起来像个绽放的烟火，很美丽。

我突然想起一件事，对她说："你的一对公仔还在我那儿呢，等上班了我完璧归赵。"

她说："谢谢你，那个送给你了。"

我笑了笑点头答应。

后来，我听说一家猎头公司想挖走简洁，提供的薪资很高，但是她似乎没有答应。同事都议论，这姑娘真傻。听说她被人认可，我心里像开了花，却能明白她的想法。

生活中，有太多年轻人不被接受，或许是因为他们有着天然的美丽，而大多数人不喜欢比自己优秀的人，所以很多年轻人不容易进入一个圈子。不是他们不努力，而是大家不愿意给他们一个机会。当大家都幸灾乐祸地期待看别人倒霉时，我想说，再给他们一点时间，一个机会。或许这中间有竞争，但机会永远都是留给年轻人的。

我身边的朋友不多，知己更少，我的读者朋友却有不少。我一直在想，如何给他们一些帮助，而不是说，我要看起来比他们牛，更有名。

生活中，有人把工作当成全部，他们觉得只有事业成功才会幸福，而我一直觉得，如此也未免太无趣了。

日子还是会日复一日地过去，单调中暗流涌动，窗外的世界依旧车水马龙，江面上的烟火依旧绚烂。有多少人像简洁一样，怀着一颗纯净的心，将青春贡献给事业。他们有热情，有梦想。

我们都是这样走过来的，虽也知道那样不对，还是如此继续。

可我们成长的道路上，有多少人需要一个温暖的拥抱，一个善意的关怀。

我的办公桌上，一直放着那对公仔。我看着他们无辜地看着我，我就觉得世界不应该是我们看到的这样，而应该是我们心里感受的那样。

技能不断更新，我们只能在高效的淘汰中坚持住自己，让自己的优点发光，让它成为你的城堡，随时抵抗来自世界的挑战。

如果世界没有对你温柔以待，那我们只能将自己站成一只队伍。如果努力不能使自己幸福，那么苦难也不会变成财富。

我在努力让自己成为一支队伍，你呢？

和你在一起，就是全部意义

　　大半的人在二十岁或三十岁时就死了。一过这个年龄，他们就变成了自己的影子，以后的生命不过是用来模仿自己，把以前所说的、所做的、所想的、所喜欢的，一天天地重复，而且重复的方式越来越机械，越来越脱腔走板。我想做自己，做自己喜欢的事业，喜欢自己喜欢的人，这样的生活才足够美好。

1

　　我叫苏西，今年快三十。单身狗一枚，存款不多。

　　我坐在格子间里，脸朝着窗外发愣，手上的烟已经烧到烟屁股，我还全然没有察觉。

　　此时，凌晨两点的上海，安静得像是一个做着春梦的少年。

　　我查阅了一下银行账户，盘算着大概足够养活自己一年，心里不免踏实起来。有饭吃的时候，我们很难去想饥寒交迫时的艰难。

我关掉电脑，不想工作，脑子里多了些伤春悲秋的矫情念头，晃荡着飘出办公室。

我是个不安分的人，偶尔会产生让人不理解的想法，想逃离这里四处流浪。所以听到晚间点播台说出罗曼·罗兰老头的那句"世界上唯一的英雄主义是看清生活的真相，依然热爱它"后，我一个人在大街上没有来由地哭成狗。

我早已过了天真的年纪，得为自己的未来和后半生着想。

回到住处，我埋在沙发里盯着电脑发呆，中间有点尿急，全程却没有一点睡意。

我病了，但是我并不承认。

加班导致胃不好，同事建议我学习中医，自我调养，于是，我认真地钻研了半年。

我看向窗外，望着这一栋栋高楼大厦。白天每个房间里都坐满衣着光鲜的小职员，没日没夜地辛勤劳作，兢兢业业，勤勤恳恳，像一只只各自为战的小蚂蚁。

我突然意识到，自己的想法很危险。这不是在演电视剧，不该这样多愁善感。

我警示自己再这样想下去，指不定会站在楼顶，一跃而下。这么想着，顿觉后背发凉。

这时，手机响了。

领导？行政小徐？还是客户？我心一横，看也不看直接挂掉，爱谁谁，别以为我不知道光头老刘和小徐的那点破事。一个老牛吃嫩草的故事，俗梗。

大概隔了几分钟，手机又重新响了起来。这次不得不接，领导老刘那人是个小心眼，肯定记仇。

看到一个陌生号码，而且拨了两次。难道是……？

我想了无数可能，脑子里将所有认识的人过了一遍。

接通后，只听一个甜美的声音进入耳朵，沁人心扉，我想是不是单身久了的毛病，听什么都好听。

我礼貌性试探地问道："您好，请问您找谁？"

"叔叔，你好呀，我是瑶瑶，是那个半路出家的心理咨询师，我们昨晚网上聊过的。你不会这么快就忘了吧？这可是青年痴呆综合征的前兆，而且看来病得不轻哦。"

"哦……我以为是谁呢，原来是你呀。"我试图掩饰自己的尴尬，赶紧回忆和她认识的情节。

电话那头传来"咯咯"的笑声："原来你还记得我呀！不过，听你'哦'了一下，就知道你早忘了。你这是选择性遗忘症状，已经初露端倪，不尽早治疗恐怕要加重。"

"我没病！"我赶紧解释说。

"一般有病的人，都会说自己没病。"

我有点不高兴，这半路出家的心理咨询师真不靠谱，一上来就说我有病，我招你惹你了。

电话那头，甜美的声音继续说道："跟叔叔开个玩笑啦，你如果有时间，我给你疏导一下吧，我们宿舍的都说，我分析很准呢。"

我惊叹："你是学生啊，竟敢冒充心理咨询师，小心我举报你呀。"似乎这会儿，我占了主动权。

"切，我才不害怕呢，人家有心理咨询证书，再说，我的职业是演员。你可是我的第一个病人，我是拿你当朋友，才鼓足勇气开启我的第二职业的。你这样打击我，祖国以后就少了一个长相甜美、卖得了萌、拯救得了不开心的心理情感师。"

我被她逗乐了，人生难得如此简单快乐。我决定在一家咖啡店等她。

2

少女的世界充满爱，带着周围人都心情愉悦起来。

瑶瑶是典型的95后，外表呆萌，长相甜美。工作三两份，技能足糊口，专长未成型，实力在提升。

初次见面，瑶瑶大大咧咧、毛手毛脚，在咖啡店里唠叨个没完。

我礼貌性地问她："还在念书？"

"没有，这不刚从学校搬出来，正愁找不着工作呢。你长得比我想象中帅那么一点，我们学校帅哥排排看，都没有你这么成熟的帅气。"

我被小萝莉夸赞还是很受用的，心花怒放后，对她少了偏见。

她开始讲大学时光如何如何美好，天天琢磨着演出，什么王二小思妇，孟姜女哭瞎眼也没等来夫君。

我好奇地问："你们排的都是什么剧情呀，全是一些毒害现代人的旧观念。你谈恋爱了吗？"

她嘟着嘴："分手了……"还没说完就抹眼泪。

然后我就慰藉一番："我发现你人不错，漂亮，又热情单纯。"

"你才发现呀，还不晚呢。哦，你说我单纯，是不是嫌我傻呀？"

我笑着打哈哈。

喝完咖啡，我给光头刘打了个电话。说自己老家从小抚养我长大的远房刘姨去世了，要请个假。顺便加了句："都说刘家是大户人家，估计你们也算是本家了。"

老刘听后，气鼓鼓地说："回去给我好好哭，处理完后事赶紧回来上班。我公司上上下下几十口子，离了你，还不吃饭了？"

挂完电话，我有点伤感，老刘说得对，没有我公司照常运转，我操着白粉的心，拿着白菜的钱。

瑶瑶带我去了他们大学，校园里成双成对的情侣们，有说有笑。

我心想这丫头没有谱，准备打退堂鼓。

瑶瑶拉着我去了她们宿舍，宿舍里没人，却格外干净整洁，空气里弥漫着一种香气，跟香水不同。

我有些拘谨，问她："这是要干什么？"

瑶瑶瞪着大眼睛说道："我这不是给你看病嘛。"

瑶瑶的宿舍有个大窗户，正对着一片草地。窗外有鸟鸣，有白鸽休憩。

她安排我坐在沙发上，然后坐在我面前。

"快闭上眼睛。"

我看了看她："这是打算用催眠疗法吗？"

"想不到你对心理治疗有一定了解啊。"

我差点没笑出声来，只要不是个傻子都能猜到，电影里经常这么演。

瑶瑶说："催眠疗法讲究的是心境。"

我心想能找这么个安静的地方好好休息一下午，比去大保健会所更让人惬意。

瑶瑶的声音似乎从对面的草地上飘过来，我恍惚间听到大海的声音，而且海浪声很大，伴随着海鸥鸣叫。

"你的面前是一片宽阔无垠的大海。海鸥在空中飞翔，浪花拍打着沙滩，阳光洒在海面上。这里只有你一个人，没有打扰，只有安静。你听到自己的心跳了吗？"

我沉沉睡去，眼前真的出现一片海。正如声音里描述的那样，一切安静极了。我就躺在沙滩上，对着此起彼伏的波浪大喊："简洁，你还记得我们分手那天吗？你还记得我们在沙滩上写过的誓言吗？"

我越说越激动，甚至哭喊着："没有你，我怎么生活得你知道吗？我每天早晨五点起床，六点准时坐上地铁，世界越热闹我就越想你。"

突然，海滩出现了荧光，像是银河坠入了大海。

我大喊："简洁，你让我认识到，爱和生活无关。我的生活再好再坏，你也看不到。你看眼前的荧光海滩多美，但这与你又有什么关系。"

我哭累了，就躺在沙滩上，天色暗了下来。突然，有个人一把掐着我的脖子，我几乎要窒息了。

听那个人的声音，我才发现原来是我的领导光头老刘。老刘面目可憎地说道："每个人都有太多不可告人的秘密，都是为了生活，我有妻儿老小要养活，你为什么要逼我，我总要找个人谈谈心吧。"

我喘息着说："我呸，那你也不应该伤害一个大学刚毕业的姑娘。"

老刘恶狠狠地说道："只怪年轻人太着急。生活本来就是你情我愿，哪像你天天过得跟个怨妇似的。"

我大骂道："人姑娘也就是看上你的臭钱。"

老刘狰狞地笑着说："你以为现在的年轻人活得明白吗？什么爱情，狗屁不是。你不也是因为我的臭钱来公司打工吗？"

我嘴里已经骂了老刘的十八代祖宗，但我的气息越来越微弱。

我挣扎着大喊："救我！"

"没有人能救得了你！"

这时，瑶瑶轻摇了我一下，我猛地惊醒。

"你哭了？"

我不好意思地站了起来，说道："刚才做了个噩梦。"

瑶瑶给我做了次催眠，收了我五百。还说我是她的第一个客户，优惠一些。

我生气地说道："不就是为了钱吗？"

瑶瑶有些吃惊，又露出微笑道："那我可以不收你的钱，但是你要给我介绍客户。"

我心忖道：真应该让公司里的那帮只认钱的家伙过来。于是我说："我有一帮朋友，脑子都有问题，改天全介绍给你。"

说完，我走出宿舍，一个人晃荡着穿过校园。我脑海里简洁的影子越来越远。她就像校园里奔跑的背影，一转身就不见了。

休息了三天后，我回老刘的公司上班，发现老刘对我态度变好了。

日子一天一天过去，忙忙碌碌地。

有天下班，我约了一个朋友介绍的女孩去看电影，刚买完票，我接到一个电话，对面传来哭声，却一直不说话。

我问："你是不是打错电话了？"

电话那头哭得更厉害："你连我电话都没存呀，我是瑶瑶。"

我忙问："怎么了这是？跟男朋友吵架了？"

瑶瑶哭着说："你能不能过来帮帮我？"

"你在什么地方，遇到什么事了？"

旁边的姑娘等得有点不耐烦，我示意她先进去。

把姑娘安排好之后，我走出影院，拨通了瑶瑶的电话："到底怎么啦？"

"我在横店，有人欺负我。"

"你在横店干吗？"

"当然是拍戏了。"

"拍戏不是挺好玩的吗，怎么就欺负你了？"

"导演说，晚上让我去他房间谈谈戏。"

我"哦"了一声，恍然大悟，瑶瑶遇到了潜规则。

"我说，你要不想演，那就罢演呀。"

"我违约金不够，所以才给你打电话。"

我听完之后笑她："说不定导演让你红了呢。"

瑶瑶说道："我才不要这种红呢。"

我说："你等会儿吧，我给你把钱打回去。"

事情办完，电影已经接近尾声，我对姑娘连连抱歉。姑娘倒是通情达理，说道："我们还是算了吧，你事业挺忙的。"

后来，朋友骂我："那姑娘可是我亲表妹！"

我笑着说："晚上请你喝酒谢罪，任打任骂。"

3

瑶瑶最终没拍成那部戏，虽说只是演个丫鬟，对于没背景、没学历的群演来说，那也是打破头皮争的角色。

瑶瑶回到上海给我打电话，说要还我钱。

我正和朋友喝酒聊天，索性叫她一起过来玩。

朋友见到瑶瑶后大呼："祸水啊，祸水。"

瑶瑶和我连干了三杯。旁边的朋友看不下去，也要和瑶瑶喝。我说："你就饶了人小姑娘吧。"

瑶瑶一脸爽快道："萌妹子，是从不认输的。"

我说："你改天给我朋友做下心理疏导吧，他的心理有毛病。"

瑶瑶说："以后就指望你们吃饭了，多多益善，来者不拒。"

我劝她："去找份正经工作吧。"

瑶瑶有点不高兴："做心理咨询师就不正经了吗？"

我说："不是这个意思。"

"那你什么意思？"

旁边的朋友跟着起哄道："说说你有几个意思。"

我笑骂他："去你大爷的，人家小孩不懂事你也不懂事吗？"

瑶瑶一听说她不懂事，撂挑子就走，拦都拦不住。

我忙招呼朋友开车送她。

瑶瑶摆着手说："我才不用你送呢。"

我和朋友将瑶瑶送回家，朋友示意我留下。

瑶瑶醉后很安静，白皙的皮肤泛着红，犹如一个陶瓷般的婴儿，脸上的绒毛尤其漂亮。

我动心了。

但理性告诉我，我们年龄相差太多。

趁着酒劲，我心想去他娘的理性，有这个单纯漂亮的姑娘，夫复何求。

我把瑶瑶扶起来，认真地对她说道："我喜欢你。"

瑶瑶傻笑着说："我才不相信呢。"

一个处在尴尬年龄的男人，突然没有了谈情说爱的浪漫，我退缩了。

4

瑶瑶没有听我的劝告，一个人又跑去横店，做起了群众演员。只不过这次好一点，演了一个在酒吧里跳舞的路人。

至此，我才明白，她也有追求自己梦想的权利，哪怕会受伤害，没有人能左右。

2014年过年，我准备回老家。瑶瑶特地抽空回来送我。

我说："瑶瑶，我会在身后支持你。"

瑶瑶看着我说："谢谢你，我不是傻姑娘，世俗生活我都明白，可我不想活成那样。"

我说："你别送我了。"

瑶瑶坚持送我进了检票口。

我转过身回望着那个一脸安静、面容姣好的姑娘，突然心里一阵明媚，她犹如凡尘中的烟火。

六月的时候，上海热极了，瑶瑶远在三亚跟我打电话。

我说："小明星跑哪里度假去了？"

瑶瑶的哭声传来："叔叔，快来救我。"

我心里一惊，忙问："怎么啦？"

瑶瑶说："拍戏摔断了腿。"

我吃惊："严重吗？"

她说："你过来看看不就知道了。"

纠结了半天，我还是去了三亚。当我看到瑶瑶在沙滩上活蹦乱跳时，心里又气又开心。原来瑶瑶为了见我，骗我说摔断了腿。

白天海滩上，到处都是游客，水面上波光粼粼，阳光仿佛跳跃着在水面上追逐。

瑶瑶穿着三点式的泳装径自走了过来，我忍不住多看了一眼。

"大叔，我这样穿好看，还是戏服好看？"屏息凝望半天的瑶瑶开心地问我。

"还行。"我懒懒回答道。

"什么是还行？"瑶瑶有些泄气。

我没有回答她，反问道："要不要下去游泳？"

我们在阳光的暴晒下，像两条鳗鱼，只露着头，一扑一扑地顺着海浪游去。游累了，我们就躺在沙滩上。

我笑着说："埋埋我。"

"你把我也埋起来。"她尖叫道。

我坐起来，推掉身上的沙子。瑶瑶仰面躺下，双腿伸得笔直。我把她埋起来，只剩下一颗美丽的头颅。随着沙子的堆积，她脸上的顽皮笑容消逝了，长长的睫毛盖住阖上的眼睛，脸色变得安详、平和、苍白，像是窒息了。那是个可怕的瞬间，就像小时候一觉醒来，发现自己被关在黑屋子里，伸手却什么也抓不着。我抚了一下她的脸，想抚去幻影。她睁开眼，温柔地冲我一笑。

我们在沙滩上一个遮阳伞阴影中躺下。我有点疲倦，海水的涌动是那么缓慢、有节奏，一会儿便睡着了。醒来时，瑶瑶用湿热的沙子将我全身埋了，跪坐在旁边看着我咯咯笑，一捧捧往我身上推沙子。我微笑着任她摆布，只露一颗头在偌大空旷的沙滩，直视着湛蓝如洗的天穹，心平如镜。

瑶瑶乐滋滋地闭上眼："我觉得，像在这儿待了几万年似的。"我没搭腔，却受到深深的触动，大海总会让人心旷神怡。

瑶瑶转过身说："其实，你说得对。我从来没有像现在这样认真用力地爱着一个人。就像真正的单纯是要经历过黑暗的，就像真正的善良不是没有能力做，而是不忍伤害而选择不做。看透了还能热爱，太难，至少我做不到。"

我看着她，心砰砰直跳。

瑶瑶一脸安静地说道："大半的人在二十岁或三十岁时就死了。一过这个年龄，他们就变成了自己的影子，以后的生命不过是用来模仿自己，把以前所说的、所做的、所想的、所喜欢的，一天天地重复，而且重复的方式越来越机械，越来越脱腔走板。我想做自己，做自己喜欢的事业，喜欢自己喜欢的人，这样的生活才足够美好。"

我微笑说："你这叫臭屁。"

"你才臭屁呢。"

瑶瑶骑在我脖子上。

"你别掐我脖子啊！"我大喊。

"我只比你小了六岁，你就说我不懂事，该打。"

每个人都会因爱相遇

　　问世间情为何物，直教人生死相许。每个人都会相遇、产生情愫，然而爱情又是自私的。有人因爱生恨，有人为爱痴狂。每个人是因爱才相遇的。

1

　　官道的城墙上，夕阳武士搂着紫霞仙子的今生，孙悟空望着夕阳下他们甜蜜的身影，一脸坚毅地转过身，跟着师傅一路向西，求取真经。

　　夕阳武士说："那个人好像一条狗。"

　　莽莽群山，黄沙漫天，无边无际，城郭已经在视线之外。

　　此时，莽原上出现一行人的身影。他们虽各司其职，却像是一支乞讨的队伍。

　　排头的是一个手提金箍棒的人，说道："师傅，我们一路辛苦跋涉，何不省去时间，我一个跟斗飞到如来那儿直接抢过来不就完

·226·

了吗？"

一个身着破旧袈裟的人说道："悟空，为师平时怎么教导你的，抢劫是犯法的，何况如来对你一直有成见呢。咱们这样做就是要世人能理解咱们，苦海容易翻起爱恨，在世间难避命运。众生有众生的苦，一切自有天数，这也是我们千里迢迢去天竺，取那二十二部经的意义。"

一个肥头大耳的人，哼哼地喘着气，幽怨地说道："师傅，咱们这真是No Zuo No Die（不作不死），我现在口渴得嗓子都冒烟了，能不能让我先喝点水壶里的水？"

一个穿袈裟、胡子拉碴的人说道："二师兄，现在都流行减肥了，你就省点水吧。"

唐三藏脸色慈祥地对沙僧说道："小三，给老二喝口水吧，怕是渴死了，佛祖怪罪。我们又少了一个伴儿，你们知道在这种沙漠里，每个活着的人都是对同伴的鼓励。"

悟空听不下去了，说道："师傅，我是不是应该跟天上求点雨，这样我们也快活些，赶路也痛快。"

三藏道："悟空，还是自己解决吧。"

三围超标的八戒早已挥汗如雨，埋怨道："猴哥，想当年如果不是得罪了玉帝，我去天庭央求下点雨，那也是分分钟的事。"

孙悟空回到："呸，什么时候轮到你这猪头说话了。俺老孙人多路子广，求点雨又有何难，只不过为了这点小事就动用关系不值得，这往后路上磕磕坎坎多着呢。"

沙僧放下扁担和行李，走到猪头旁边摇了摇头，低声说道："二哥，看来这猴子真不把我们当自己人呀，你的神通比我多，你想想法子。"

唐三藏是肉眼凡胎，自然更忍受不了这样的鬼天气，嘴里叨念道："想来为师指望不得你们仨了，我就和小白借点马尿喝吧。"

小白站在一旁，蹬着马蹄子，鼻毛上扬，誓死不从："师傅，大哥二哥三哥，你们不能欺负我不是人，要一视同仁呀。"

孙悟空拉着金箍棒想了想，觉得挺难为情的，毕竟一日为师终生为父，他想出个主意。

只见孙悟空将金箍棒朝穹天一扔，嘴角轻念咒语，便从天上掉落一根巨柱，朝着沙地猛地砸去，便打出了一眼不大不小的泉眼来，流出涓涓细流。

唐僧抬起头来："咦，有水了？小白看来不用劳烦你了。"

小白羞愧地蹬了几下马蹄："还是大哥有本事。"

孙悟空收起金箍棒说道："这种打井的活，俺老孙还是第一次做。师傅，你先尝尝这沙漠中的甘露，据我了解，此乃天地之精华玉露，你多喝点。等会咱们打包带走。"悟空对自己的师傅，还是蛮客气。

"悟空，为师没有看错人。虽说扰了你前世今生的一段姻缘，不过莫怕，等为师脱了凡胎就在东土大唐给你找个美人，我在那里路子广。"唐僧说。

孙悟空低头不语，真是哪壶不开提哪壶。他转过身说："老二老三，还有小白，赶紧喝，喝完咱们上路。这沙漠里容易起沙尘暴。"

说完，一行人又出发了。

孙悟空看了看那眼泉水，汩汩往上冒着，形成了一个水柱，他生气地一掌拍了过去，水停了，留下一个坑。

孙悟空看着前面的背影，沙漠里泛起的热浪将身影折射得歪歪扭扭。他告诫自己，从此就要和他们相依为命，即使自己之前在天地妖三界赫赫有名，也不过是过眼云烟，放下也罢。他望了望苍穹，天际湛蓝。

　　此时，离那夕阳官道早已数百里。没有人声嘈杂，更没有那咄咄逼人的吻。

　　他想到了她。可她早已魂飞魄散。

　　孙悟空跟上队伍，一个大摇大摆的身影，双手反勾着一个棒子，真像是个替天行道的行者。

　　此时，大漠远处，一只异兽"扑簌扑簌"地快速爬行，在沙漠深处留下了一行浅浅的脚印。

　　此异兽白身披发，长着九条尾巴，声音与婴儿啼哭相似，能吞食人，正是传说中有通天之术的九尾仙狐。她叫小白，应该是她给自己起的，没有人能说得清。

　　一声婴儿啼哭的声音，夹杂着风沙声飘过来。

　　三藏立定，环顾四周，杳无人烟。他惊奇地问道："悟空，我好像听到婴儿的啼哭声了。"

　　悟空自觉刚才做的有点过分，正有心补过，忙一脸殷勤道："师傅，这地儿连根人毛都没有，怕是你被这鬼天气晒得老眼昏花，出现幻听了呢。"

　　"悟空，为师平常怎么教育你，你们虽无人形，但我从来都是一视同仁，将你们当作人，怎么会连根人毛都没有呢。"

　　猪八戒热得敞着膀子，接着道："师傅，大师兄说得对，估计是你年龄大了，老年痴呆了吧？"

沙僧埋怨八戒道："老二，怎么说话呢。就算师傅出现点幻听也情有可原，等你上了年纪也会有这毛病。得饶人处且饶人，咱们还是尽快赶路，找个人家好歇脚。"

这时，悟空突然想到三藏是金蝉子转世，此刻虽是肉身凡胎，也必有过人之处。于是他侧耳倾听，脸上出现异状，大呼道："不好！"

众人惊诧，不知前方发生何事。

2

三藏双手合十道："悟空，你是不是也认为前方一定会有人家？"

悟空用手遮眼，眺望远处，除了一个山丘连着一个山丘，其他空无一物。

"师傅，除了这片沙漠，前方什么都没有，恐怕连个妖都没有。"

三藏赶紧阻止悟空说话："悟空，为师平时信奉的就是心诚则灵，你可莫要胡说什么妖怪。"

八戒甩着膀子，凑到三藏面前，指着前方大呼道："师傅，快看！"

远处，那黄沙尽头出现一片湖面，湖水旁有一座城池，雄伟壮丽，金翎玉瓦，街道上穿梭着忙碌的行人。

一众人大惊，怎知沙漠里竟出现蜃景。

三藏看到沙漠蜃景，脸上露出菊花笑，忙向前走去："徒弟们，快跟上来。为师毕生都在追求佛法异相，今天总算看到了。"

悟空忙阻拦道："师傅，你不知道远处的蜃景有多远，说不定等你赶过去，已经一场空了。"

"为师不信。"

八戒赶忙牵来白龙马，道："师傅，赶紧上马。别搭理这猴子，我看说不定蜃景后面，就有人家。咱们这几天都拿水充饥，我听说人喝水只能存活七天。"

沙僧看了看孙悟空，说道："老大，我看二哥说的不无道理，咱们如果再不加快速度走出这片沙漠，怕是要死在这里。"

悟空不语，只是一个跟头朝前飞去。

只见一个身影，犹如流星横扫天际，风驰电掣般向穹天上飞去。

悟空站在云里，朝下面看。

他大口一吹，沙漠上肆虐咆哮的风沙和城池楼宇都消失不见了。

悟空看着地面上奔驰的师徒三人，突然有一种感伤。三藏为何为了这个幻影高兴不已，还劳师动众，小白被他骑成什么样了。

就在此时，三藏惊呼道："快看，蜃景怎么不见了。"

八戒道："师傅，估计是那猴头使障眼法，让你失望呢。"

"哎，为师怎么就感化不了他呢，他还是没有放下跟紫霞仙子的那段尘缘。他以为为师不晓得吗，一切皆是幻象，为师只是想调动大家的积极性，有动力赶路。"

八戒道："师傅，佛祖说了，出家人不打诳语，你怎么欺骗我们呢？"

唐僧岔开话题道："八戒，为师知道此去路途遥远，如果不是为师将你们招到我的队伍里，为师怕是走不到印度，就死了。"

沙僧插嘴道："师傅，佛祖不是说了吗，你是金蝉子转世，死不了吗？"

三藏抚摸了一下白龙马的鬃毛，念念有词道："佛祖许我肉身、让我轮回，也是为了让我经历生死，哪有不死之理？"

俩人听完，都沉默不语。

这时，悟空从云端飞下来，来到三藏身边说道："师傅，我听说佛祖让你沿途收了我们仨，他有没有说过让我们之间没有欺骗？"

"悟空，为师骗你了吗？"

"师傅，我放下花果山的家业，放下紫霞仙子的那份感情，我不求人人都了解我们，但我们自己要清楚，我们这是在为谁做？"

八戒说道："猴哥说得对，我在高老庄还有娘子呢，不敢说貌美如花，那也是老婆孩子热炕头，不愁吃不愁穿。有天观音菩萨托梦于我，让我跟着你去西天取经。我当时就问她，为何去呢。她问我碌碌一生，有没有烦恼？我说，我老猪吃饱了干活，干完活就睡，为何会有烦恼。"

三藏插话道："最后，观音姐姐怎么说服你的？"

八戒有点难为情地说道："我家媳妇高小姐，虽貌美如花，却不能传宗接代。大夫说她是先天性生理缺陷，不能生。观音说，如果西去求得真经，定会生个娃娃，传续我老猪家的香火。"

悟空听八戒讲完，不禁失笑道："原来你个猪头是为了孩子才来的呀。"

三藏说道："求得善果，必要有善因。悟空你这个人聪明，人世间的事情看得明白，唯独爱情是你的业障，所以佛祖让你经历一段刻骨铭心的情缘。如果放下了，定会有段美好姻缘等着你。"

沙僧站在一旁，将扁担放下，低头不语。

"三弟，你又为何被感召而来？"悟空问道。

沙僧迟迟不愿开口，最后抵不过大师兄的追问，才徐徐道来："那年，我在流沙河开了个沙场，生意相当红火，几乎垄断了当地的采砂业，自然要与各色人等打交道。后来，因为钱财，差点丢了性命。有天我自己开着船，走在江面上，突然狂风大作，船翻了，由于我水性好，幸没淹死。我躺在沙滩上，心里琢磨这几年的事，觉得没有意义。又得菩萨感召，让我放下心事，求得心安。我刚开始本想去旅游，结果碰上了师傅。"

三藏插嘴道："你怎么就看上我了？"

沙僧外表稳重，说话有板有眼，他接着说道："师傅钱财没有，美色也没有，只身穿着破袈裟，一路乞讨，却时时为别人着想，感化众人。我特别感动，所以就跟着师傅了。"

听沙僧讲罢，徒弟三人看着三藏，笑着说："师傅，咱们聚在一起都是缘，我们就是想跟着你成就一番大事。为自己，也为众生。"

三藏感激涕零，说道："徒儿们，放下才能拿起。"

这时，沙漠的山丘上，一只孤独的仙狐，看着这一行人。转身，它向沙漠远处"扑簌扑簌"跑去，风沙上只留下一道浅浅的脚印。

原来，那场蜃景就是这个仙狐幻化的，哦，对了，她叫小白。

3

原来，神仙没法管的东西都有个名字，叫作妖。

那是在过了村舍酒家，西去的路上，前方就是西梁国界。

那时三藏正当年，长得是天庭饱满、地阁方圆、一表人才。

三藏被没见过男人的西梁国王看重，于是师徒四人在西梁国停滞多日。还记得那日，在御花园，女王情真意切地对三藏说："御弟哥哥，倘若你做了我的夫君，便可与我同享这天下。"

三藏当时不知情爱，竟然暴殄天物地说道："女王陛下，我是奉唐王之命，取得真经救黎民脱离于水火。您还是放我西去吧。"

五百年，沧海桑田，西梁国早已深埋在这片荒凉的沙漠里。

女王那日夜晚，打着赏宝的幌子，骗得三藏误入她的闺房。

三藏看女王情真意切，想尝得那天下间最美好的男欢女爱，不禁动了凡心，说道："倘若有来生，我定……"

多么感人的一幕，却被一个琵琶女妖破坏了。女王最后不得不情意绵绵、泪眼婆娑地送三藏西去。那日一别，再没有相见。

"如今，已经五百年了。"小白叹幽幽地说道，"御弟哥哥，你还记得那年你对我的承诺吗？"

女王自三藏西去后，就一病不起，人间再没有能救她的灵丹妙药。

女王奄奄一息时，突然吟道："风沙埋尽幽怨，来生苦等一段缘。"

女王自觉时日不多后，夜不能寐，朝思暮想三藏模样。忽然一个夜晚，冥府来了一对鬼，正是那索命的黑白无常。

"女王陛下，你的阳寿已尽，还望跟我们走一趟吧。来生，我们再打交道。"

女国心灰意冷道："麻烦你们了，小鬼。"

女王跟着黑白无常走过那条黄泉路，穿过忘川河，经过奈何桥，女王才发现有一个土台的地方，那就是望乡台。望乡台边有个名曰孟婆的老妇人在卖孟婆汤。

女王热情地走上前去，问道："老婆婆，这可否就是那孟婆汤？"

老太婆看是人间女王，风姿绝代，忙说道："女王，老朽日日月月来度有缘人，让经历人世间爱恨情仇的男女，都忘掉苦痛。"

这时，女王发现在忘川河边有一块石头，上面写着三生石。

"孟婆汤可以让你忘了一切，三生石记载着你的前世今生。"孟婆解释道，站在一旁的黑白无常客客气气，并没有催促。女王跟着他俩走过奈何桥，在望乡台上看最后一眼人间，喝杯忘川河水，哀叹道："今生有缘无份，又何必强求？"

此桥为界，开始新的一个轮回。

青石桥面，五格台阶，桥西为女，桥东为男，左阴右阳。奈何桥下几千丈，云雾缠绕，等待来生是什么道，谁也不知。喝过了孟婆汤，已经把所有忘却，来生的相见只是一种重新的开始。奈何桥，奈何前世的离别，奈何今生的相见，奈何来世的重逢。

所以，走在奈何桥上时，是一个人最后拥有今世记忆的时候。这一刻，很多人还执着于前世未了的意愿，却又深深明白这些意愿终将无法实现，只好发出一声长长的叹息。

女王在奈何桥上发出一声长长的叹息，问无常道："这桥下云雾缭绕，有多深？"

黑白无常一脸惊慌地说道："女王，桥下有几千丈，凡是跳下去的，都不能经历轮回，也就成为了孤魂野鬼。"

女王笑道："做鬼也要分等级，真搞不懂你们。"

黑白无常脸色僵硬地说道："女王，我们冥王殿下想请你把酒一杯，我们还是速速去找他吧？"

女王脸色一凝，道："为何请我把酒？"

黑白无常道："这个不方便说，你还是亲自问他吧？"

"你这小鬼，油嘴滑舌，如若不说，我定会告你们一状。"

无常一脸害怕道："大王说了，他已经辞职了，换成了他的儿子接班，他要和你一起去投胎，来生与你结一世姻缘。"

女王脸色凛然道："小鬼，放肆。你俩回去告诉他，我是不会与他结一世姻缘的。"

小鬼道："这你跟我们说没用，我们也只是个当差的。"

"那你们现在就去告诉他！"女王第一次发怒，却是在这奈何桥上。

黑无常对白无常说道："老白，看好女王了。我这就去禀报殿下。"

白无常嘻嘻笑道："快去快回。"

女王听见他们对话，遂叫来孟婆，说道："给我孟婆汤，我要喝了。"

白无常笑着说道："孟婆子，给她喝。喝了一切都好了。"

孟婆颤巍巍地说道："女王呀，今世做了半辈子的人上人，已经足矣。如果你有遗憾，来生就只为遗憾而活吧。"

女王泪洒桥上，喃喃地说道："孟婆婆，今世我纵享荣华，却无人分享，来生我定会为爱而活。"

这时，从桥的对岸来了一个一脸猥琐的家伙，那便是冥王。

原来，冥王是个贪图美色之徒。他为了女王的美色，愣是辞去工作，要和女王一起投胎，做个一世夫妻。

"女王，且等等我，我在这里等你多日啦。"冥王快步走来。

女王伤心欲绝道："你罪孽深重，竟敢贪恋我的美色，你懂得什么是爱吗？"

冥王摇头，冷笑道："我不懂什么是爱，可我只想占有你。"

奈何桥上响彻冥王无耻的淫笑。

女王转过身，问白无常："你为什么叫老白？是因为你心里大公无私、秉公执法吗？"

白无常尴尬地笑了笑，自觉愧疚没有回答。

冥王喝道："老白，你给我退下。"

白无常慌忙退下。女王凄凉地大笑："冥王，你不配有爱。"说完，纵身一跃，从奈何桥上跳了下去。

冥王大喊一声："不要！"

女王的声音传来："我要做一个生生不息的女妖，去寻找这人世间的真爱。"

冥王脸色灰暗，低头对孟婆、黑白无常道："此事谁要是敢说出去，我要了他的鬼命。"

孟婆子只好回到三生石旁，等候着下一个来投胎的人。

三生石上，写着女王来生成了一个大家闺秀，抛绣球嫁得了一个金科状元，一世幸福。

只不过，女王无法看到这些了。

奈何桥下，传来一声凄厉的惨叫声。

任何人都没有瞧见过奈何桥下是什么，只有经历的人才知道，而那个人就是女王。

在轮回的边缘，苦苦等待，其中的苦痛又有谁知，又有谁懂？

女王经历了漫长的暗无天日的时光后，才得到一位经过这里的仙子点化，得以离开。当时，那位仙子身上被利器所伤，时日无多。

女王看着仙子笑容甜美，问道："你要死了，为何还如此开心。"

仙子笑道："我曾经喜欢一个人，他是盖世英雄，我以为他不爱我，可后来却意外发现他身上还有我的信物。所以，我为他牺牲了。"

女王问道："世上还有这般男人？他叫什么名字？"

仙子笑着说："世人都叫他至尊宝，他自己却喜欢被人叫作齐天大圣，其实，我更喜欢他是一只重感情的猴子。不过，他为了自己的师傅和使命，还是和我分开了。"仙子泪水流了下来。

女王仿佛被点化了一般，连忙道谢道："谢谢你，我就是为了等待我的那个人才变成这样。那我也可以去找他了！"

仙子说道："爱一个人虽然幸福，却也苦涩。你要找的那个人长什么样，这么值得你去爱？"

女王一脸羞怯，说道："说他帅吧，算是贬低了他。他彬彬有礼，仪态大方。其实，他的职业却是一个和尚。我知道很多人看不上他的职业，可我不嫌弃。而且，他有个只有我知道的名字，叫三藏。"

仙子"啊"了一声道："不会吧？"

"你认识他？"

仙子说："何止认识。他就是我夫君的师傅。我的时日不多了，我给你指条路，你就做个狐仙吧。还有，如果遇到麻烦去找我姐姐青霞，你报上我的名字她一定会帮你。"

"那你叫什么？"

仙子身体已经被风吹远，空间里传来两个字："紫霞。"

女王目送紫霞走远，自己幻化成了一只小狐狸。自己取名叫小白，独自走向那片荒漠。

小白不知经历了多少严寒酷暑，挖了多少洞穴，不仅如此，她还要抵挡外敌的入侵，比如蜥蜴、蜘蛛。

不知不觉，已经过了五百年。小白现在已经有了仙术，可能在天界看来，应该叫做妖术。而这些，她并不在意。

她现在可以变成美人，可以幻化假象，正是修炼了五百年的成果。

那日，小白看到东方来了一队人马。小白告诉自己，一定要让他们留在这里，问清楚他们认不认识三藏。

4

这座城池雕梁画栋，街道两旁店肆林立，薄暮的夕阳余晖淡淡地洒在红砖绿瓦和那颜色鲜艳的楼阁飞檐之上，给眼前这一片繁盛的景色增添了几分朦胧和诗意。

三藏一行人发现这座城市，甚是欣喜。一路上的疲惫瞬间抛之脑后。

城内车马粼粼，人流如织，不远处隐隐传来商贩颇具穿透力的吆喝声，偶尔还有一声娇笑，禁不住让人停下脚步。

繁闹的大街上，只见一个个青裙少女盈盈前行。八戒慌忙拉着一个少女，双手合十道："妹妹，这里是什么地方？"

只见那青裙少女面若桃花，低声浅笑，缓缓而去，并无言语。

还是悟空定眼横扫过去，断言道："这也是一个女儿国，城里并无男儿。"

三藏俯首道："悟空，这是不是西梁女儿国？"

三人和白龙马都将头点了又点，又摇了摇。这只不过和西梁有些相似罢了。

一行人走进一家客栈，打算落榻。

客栈里走出一位着装优雅的老板娘，彬彬有礼道："敢问几位先生，是要住店吗？"

三藏一行人确实感受到这里和西梁女儿国不同，眼前虽是古色古香的客栈，但这里的人都很忙碌，个个都面无表情。

老板娘招呼一个女侍从将白龙马安置在马棚里，并加些草料。

三藏摸了摸身上的破袈裟，分文没有。一脸尴尬地看了看徒弟，说道："没钱，咋办？"

几个人面面相觑，也不知如何接话。

还是悟空聪明，上前问老板娘道："你们这里有没有寺庙，我们想布施化缘。"

"我们这里的人从不信奉，更不会听你们开坛讲课。"

老板娘见几人拿不出盘缠来，眉间露出不经意的笑。她向三藏款款走来，轻声说道："不过，如果你们愿意帮女人传递香火，一定会享受这里的荣华富贵，何愁付不起房租来。"

八戒忍不住念叨道："老板娘，我们都站了半天，能不能先管我们一顿饭，其他事都好说。"

老板娘见他们没有反对，将他们领进内阁，一大桌丰盛的食物就在眼前。四个人完全没有了吃相，风卷残云般横扫了一大桌美食。

酒足饭饱之后，大家安然入睡。第二天醒来，又是美味佳肴招待，只是不见了老板娘。

八戒拉着三藏说道："师傅，这里的老板娘真是漂亮啊，堪比我们家高小姐。"

悟空拍腿大笑道："呆子，你这是饱暖思淫欲，还不快快想法赚钱去？"

沙僧说道："大师兄说的是，没有钱怕是老板娘今晚就会将我们撵出去。"

三藏坐定，环视了他们三个，问道："你们仨谁愿意卖身去？"

悟空忙说："师傅，你是知道我的，我现在对女人没兴趣。"

大家将目光投到八戒身上，八戒也推诿道："师傅，我们家高小姐从不让我和其他女人接触。"

坐在一旁的沙僧忙跟着道："师傅，我身体僵硬，笑起来和哭没两样，她们肯定不愿意。"

徒弟三人齐刷刷望向三藏，异口同声地说道："师傅，你来吧。"

于是，三藏被三人推荐出来。

5

三藏被带进一座后花园，那个客栈的老板娘一身华丽服饰站在三藏面前，俨然成了古代的女王。三藏定眼望去，一阵恍惚，此女子风华绝代，顾盼生姿。

　　三藏心生苦恼，不知如何逃避这等磨难。正在他踌躇不前时，老板娘漫步向前，待三藏再看时，只见一个曼妙的身影站在小桥边赏花赏景。

　　三藏恍惚觉得这样的场景似乎在他的梦里萦绕过百千回。

　　女王眉目传情道：“御弟哥哥，你看这一池荷花开得正好，怎不让人怜惜？”

　　三藏双手合十道：“接天莲叶无穷碧，映日荷花别样红。小僧路过宝地，遇到麻烦。还望女施主施舍一二。”

　　女王挽起三藏的手，走到一座小桥上，定眼望去，一池锦鲤争相捕食。

　　女王轻轻趴在三藏的肩上，喃喃自语道：“御弟哥哥，你看这一池锦鲤，互相嬉戏，你说它们相爱吗？”

　　三藏被这个狐妖幻化的女王的体香迷住了，心神大乱。

　　这时，女王哀怨道：“御弟哥哥，那日约你入我闺房，我们挑灯月下，我至今念念不忘。那日，我曾问你，是否愿意与我鱼水之欢，你说如果有来世定会答应。”

　　三藏脑海里突然出现一幅画面，正是五百年前的西梁国，一幕幕涌上心头。他慌神道：“你到底是谁？”

　　“我是你的女王陛下啊，你忘了吗？”女王泪湿轻纱。

　　“我只在梦里梦到过这样的场景，莫非我们前世认识？”

　　女王轻捻手指，他们便置身在闺阁里。女王轻解罗裳，一室春光。

　　三藏赶紧紧闭双眼，口中念叨：“你是什么人，为何要害我破戒？"

"我是谁不重要，重要的是你还记得我，还爱着我。"

三藏坐定，眉目坚定道："这一切不过是一场幻梦，我不会爱你的。"

女王悲伤道："我苦等你五百年，受尽人世间的疾苦，你为何不愿爱我？你们取经到底是为了什么？"

三藏喃喃自语道："问世间情为何物，直教人生死相许。我们取经就是为了化解这世间的情缘。每个人都会相遇产生情愫，而爱情又是自私的。有人因爱生恨，有人为爱痴狂。我就是要身体力行去寻找化解它的真经。"

女王凄厉地说道："这世间，正是因为情字，把每个人联系在一起。你为了天下苍生，为何要牺牲掉自己的爱情？"

三藏说道："每个人生来都是有使命的，有些人注定要牺牲掉这些。"

女王哀怨道："我要你永永远远在这里陪我。"说话间，天地变了颜色，他们又仿佛置身在地下，放眼望去，尽是一片凄凉。

"你知道吗，我在这个阴冷潮湿的地方等了五百年。寒暑交替，我一直在想象着你的样子，才支撑我活到现在。"

三藏望着这冰冷的沙墙，心生怜悯道："你知道人世间最幸福的是什么吗？不是得到，不是满足欲望的那瞬间，而是抱着希望追求的过程。我选择了度人心的工作，更能理解爱的伟大。"

女王说："你救天下人，天下人谁念你的好？"

三藏说："帮助别人本是幸福的事，我为何要人记住我的好？"

女王戾气横出，幻成一只猛虎，想要吃了三藏。这时，空中突然出现一只金箍棒，把她惊退。

悟空跳到三藏面前，喊道："师傅，这一切都是障眼法，不过是幻梦而已。它就是一个仙妖，幻化成了人的模样。"

三藏望向那只羸弱的白狐说道："你叫什么名字？"

"我叫白狐，五百年前我是西梁国的女王。那日，你经过我西梁界，我与你一见倾心。本想成就百年之好，无奈还是错过。我为了见你，放弃了轮回。"

悟空听完她的话，厉声呵斥道："你是妖，他是人，你们之间不会有结果的。"

小白换作人形，站在悟空面前厉声说道："那你就要辜负了一个姑娘吗？"

悟空当即愣住，"你见过紫霞？"

小白冷笑道："你们口口声声说普度众生，自己却做了忘恩负义的负心人。"

三藏上前去，双手合十苦口婆心地说道："我们不是负心人，我们只是做了该做的事。"

小白轻捻手指，将自己身上的修为悉数散尽。

小白用爪子撕扯着三藏的衣襟，只想让他带上她，她已不能言语。三藏望着一只洁白的小狐，心疼不已。

此时蜃气散尽，漫漫黄沙，除了他们师徒几人，空无一人。

八戒跑来说道："师傅，我刚才做了一个梦，吃了一顿美味佳肴。"

沙僧说道："师傅，我刚才也做了个同样的梦。"

三藏轻轻抱起小白，招呼大家上路。

悟空问三藏："师傅，人为什么会为了情产生怨恨？"

三藏回答："悟空，生命旅程往复不息，每个人都是因为缘分才相遇的。"

漫漫黄沙，无边无际。有一队乞讨的队伍，没有人知道他们要去哪里，更不知他们去做什么。

只是他们中间多了一只可爱的白狐。

有个姑娘叫董小节

　　世间的一切都早有安排，只是，时机没到时你就不能领会，而到了能够让你领会的那一刹那，你会相信那就是缘分。不多也不少，不早也不迟，才能在刚好的时刻里说出刚好的话，结成刚好的缘。当我们打扫心房，将那个落满灰尘的边边角角拎出来晒太阳时，才发现那里住着一个人，或许这是他的专属位置。喜欢的人咫尺天涯，终究没能走在一起，但我们的思念却泛滥成灾。

1

2016年5月2号，我受邀参加上海草莓音乐节，作为特邀嘉宾见到了我和董小节共同喜欢的宋冬野。宋冬野在台上唱得很卖力，稍微有点胖的身材，看起来更是可爱。

而小节已经不在我的身边。

从上海到北京，相隔在我们之间的不止是距离，还有回忆。

我最后一次见她是在北京的一家咖啡店。

小节坐在我的对面，不时捋着挡在眼前的长发，显得有些拘谨。她脸上挂着微笑，就像我第一次见她时，嘴角向下像是一个谜，自然而美丽。

我们选择了一个僻静位置的咖啡店，这间咖啡店是我经常来的地儿。

几年前，我生了病，医生说我活不过那个夏天，听了结果还是挺绝望的，尤其一个人的时候，觉得自己真的会玩完。所以我退了学，每天挎着吉他满北京城跑。那时候北京像是个雄性荷尔蒙过剩的青年，到处是坚挺的新建筑。老胡同拆了建格子楼。三环扩到五环，五环扩到六环，北京看起来太热闹了。那时候董小节在北京上大学，想要加入北漂大军，用青春和新鲜的肉体唤起北京的雄起。以前她以为兰州很大，直到她来了北京，才知道自己的想法有多好笑。

打烊的招牌已然挂在门前，闪烁的彩灯下，一切都那么温馨。我点了两杯拿铁，昏黄的灯光下董小节端起咖啡静静地喝了几口。我们不时看着橱窗外的街道，车辆赶场似的一头扎进黑夜。下班的恋人逛完了商场，街上忙碌而喧嚣。佟丽娅代言的广告招牌立在广场中央，她笑容美好。一切都是那样的恰如其分。

我叫范言，是个北京土著，是个胖子，以前不是这样，自从得病以后，就成了这样。

不曾想到老天爷并不打算把我带走，他认为我还年轻，应该在这万丈红尘中受苦，没在地狱活过的人怎能进天堂。于是我带着必死的决心，蟑螂小强一样顽强地活了下来。

那段时间我忙着跑场子，在酒吧驻唱。我住的地儿离酒吧比较远，那天出了地铁，刚走到银锭桥，北京的天气开起玩笑，下起了暴雨，我只能脱了衣服，包起吉他。我是胖子，所以淋得很狼狈，我只好跑到商店门口避雨，光着膀子，像个傻子。我正犯愁这雨什么时候能停，旁边打伞的女子，看了看我又看了雨，"扑哧"笑了。我莫名看过去，那是我和小节第一次见面。

那年夏天，北京城热得像盆火炉，燎得我实在在家待不住了。我打算出去逛逛。

我去了趟新疆，远处的沙漠上到处是插着管道的油井，机器从早到晚玩命地运作着，大地流出的油气被我们点燃，激情万丈。天上飞的，地下跑的，燃烧起我们的生活。坐在那一望无际的沙漠里，我总感觉有点渴，因为我是个胖子。我默默流泪，不为别的，只因这里太完美。太美的东西总会让人感觉不真实，所以我走了，再没有回去。

那两年我无所事事，偶尔逃出北京，去外面溜达几天。现在想来那样的生活才是生活，因为我不知道明天会给我什么，一切都充满可能。

2

2008年，我21岁。像所有少年一样，荷尔蒙喷薄而出。奥运会在北京举行，这让我兴奋不已。汶川地震使全国人民震惊，我也倾囊相助，先是捐钱，而后在灾难过后的一个月，去了趟现场。

从四川回来，正赶上北京高校生放假。车辆南来北往，三环到五环整天堵车。经过整顿，北京的空气好了很多，像个大病初愈的少年。大街上到处能看到年轻的志愿者，外国面孔也多了起来，酒吧的生意好得一天到晚不打烊。

我在一个哥们开的酒吧驻唱，生意冷清的时候，偶尔唱唱歌。大家都喜欢疯狂的歌，来发泄那充满激情的身体。有次，我在舞台上唱，观众送啤酒给我，一连喝下12瓶，差点没喝死过去。

奥运会那三个月，每天都有新鲜面孔来酒吧，各种颜色的外国友人，音乐从早唱到晚。

凌晨四点，酒吧外面还有些余热，我忙了一天，正准备回去休息，有个姑娘叫住我，问："能不能唱首歌再走？"

我看了看她，女学生模样，看着有些眼熟。

她说她从兰州来的，放暑假来看奥运会。

我想起她是那个雨天里的姑娘，说："咱们还真有缘，玩得开心么？"奥运会人这么多，想必也玩不尽兴。

她笑了笑，说道："一回生二回熟，这下咱们算是朋友了吧。我刚才听了你的歌，唱得真好听。"

我说："混口饭吃而已，酒吧已经打烊了，如果想听我唱歌，明天再来吧。"说完，我要走。我是个胖子，很少有女孩子这样热情，我有点不知所措，所以我选择了拒绝。

女孩走了，带着失望，背着旅行包。

我看着北京的夜色，点了根烟，一言不发。

我不打算回去睡觉，回去也睡不着，打车去了地安门，这里热闹非凡。我无处可去，找了家饭馆，点了几个天津狗不理包子吃得欢快。地安门的小吃很有名，我吃完还特意带了几个。这次真打算回去休息。

这时看到那个背着旅行包的女孩，意兴阑珊地走过来，没有注意到我。我突然来了兴致，或许这是缘分吧。我叫住了她，她看到我满脸欣喜，欢快地跑到我这边来。

　　"咱们又见面了，好开心呀。你在这儿干吗呢。"她显然有很多话想表达。

　　"饿了，来吃包子。"

　　我将手里的包子递给她，她大口地吃起来。吃完后，从包里掏出一包纸巾，先给了我一张，然后自顾擦了擦嘴。

　　"我叫董小节，不拘小节的小节。真的很高兴再次碰到你，如果你愿意的话，我想知道你的名字。"

　　"范言，范仲淹的范，言不由衷的言。"

　　"你是北京人吧？能不能带我逛一逛，我有很多地方都不熟。"

　　我掏出了烟，点上一根，看了看她，没有说话。她直接拉着我就走，我跟跄走了几步站住。

　　我说："你个姑娘家胆儿挺肥呀，不怕我把你卖到山西煤矿？"

　　姑娘说："瞧你宅心仁厚的面相，我就不信。"

　　站在地安门广场上，远处鼓楼的钟声清脆响起，北京仿佛又睁开了眼，一切又热闹起来。董小节迷瞪着睡眼，趴在石凳上睡着了。我哼起了何勇的《钟鼓楼》："我的家就在二环路的里面，这里的人们有着那么多的时间。"

　　她被吵醒，坐在一旁听我唱完，举手鼓掌。

　　我说："咱们去撞钟吧。"

　　董小节身体轻盈得像个燕子，在我身旁欢呼雀跃。

　　董小节站在古钟的一旁，非要拉我拍照。

我说："算了吧。"

她趁我不注意，将头依偎在我的脑袋边，就这样定格在了那个夏天。

我闻到她身上花露水的香味，清冽而又淡雅。

董小节像是一个贪玩的孩子发现了潘多拉宝盒，对一切都充满了热情，这让我对她有了好感。我决定带她去玩。从天安门到地安门，从北京胡同到三里屯。我还领着她蹭票进五棵松听了一场演唱会。

她对我说："你以后也一定能在这里唱歌。"

我突然有份莫名感动。原来在某一瞬间，两个陌生的人可以彼此心领神会。我们随着观众一起大声歌唱，情绪被爆发，燃烧，回味，感动。

小节说："等我毕了业，就来北京工作，我要天天听你唱歌。"

送她去北京西站，她像我女朋友一样，一会儿拧我鼻子，一会儿用双手夹我的脸，然后低声地笑我。我的眼里充满着阳光，心里很满足，也很享受这样。

临走，她将我的所有联系方式又背诵了一遍，确定没错后，又问我："有没有什么要对我说呢？"

我笑了笑，什么也没说，可我分明感到爱情离我这么近。

董小节被人群挤入检票大厅时，还是哭了，我相信这一切都是真的。真的，我真的相信。

火车开了，董小节走了，就像奥运会结束的那瞬间，我的希望又掉在了地上，随着发动机的轰鸣被碾得粉碎。我突然感到这一切都会远去、消失，不着痕迹。公主坟的地下广场，流浪歌手每年都在换，每年都有人在唱歌。北京还是老样子，有人挤公交，有人挤地铁，有人开宝马。我还在小酒吧帮忙。

2012年，我交了女朋友，她叫林夕。她很爱我，说我会唱歌，人又老实，晚上办事也能尽心尽力。女朋友是东北姑娘，典型的北漂，像大多数人一样在北京追求自己的梦想。认识林夕之前，我单身了两年，导致后来看见个屁股翘的就想上。

我买了一张地图，反复查看那个叫兰州的地方。两年了，我没有主动联系过她。刚开始的时候，她还时常给我打电话，后来改成发短信，短信越来越少，索性我就换了手机卡。

我也签了个公司，换了更大的场地，全国到处跑着巡演。我唱我的故事，听众们回忆着他们的故事，我们没有交集，但是唱歌的那瞬间我们的感动是一样的。我再次见到董小节是在北京的巡演，她作为买了票的观众坐在下面，当然我后来才知道。

3

一旁的酒吧响起了久石让的"Melody of Love"，音符像是入喉的咖啡，绵密而又略带苦涩，飘荡在昏黄的夜色里，流向咖啡厅氤氲着香气的咖啡里，扑向那些忙碌的行人、焦虑的面孔。争吵的恋人相拥着睡去。北京就这样安静了下来，霓虹灯打量着冰冷的建筑，像是有所期待。

我眼里蓄满了泪水，像是一片宁静的湖泊。这一切又模糊了，世界在我面前不再清澈。

小节说："毕业后，父母给我安排了一份不错的工作。"

我说："你走后我换了酒吧，签了唱片公司。"

小节低着头，眼神里突然酸涩起来："我和爸妈闹了很久，可他们都不答应。后来我爸被双规了，因为被我母亲举报包养情妇，而我母亲选择又嫁了人。我像一个局外人看着发生的一切，无能为力。"我递给她一包纸巾，她已经哭花了妆。

"以前，我以为自己是全天下最幸福的人，可是这一切都被改变了。我离开了兰州，来了北京。"

我说："你怎么没和我联系？"

"我直接去了你待过的酒吧，他们都说你好久没来了，我就找地方住了下来。"说完这些，小节笑得有些苦涩。

"你能不能给我唱首歌？"

我说："我交了个女朋友。"

她不敢看我，只是一只手死死地攥着咖啡杯，我有些不知所措。

小节说："我现在挺好的，在一家杂志社工作。每天朝九晚五的。"

我说："你住的地方好吗？"

董小节说，她房间的对面，最近刚搬进了几个搞音乐的大学生。这样的人在北京满大街都是，有时候你会发现北京真的很有包容性，每个人都可以为了自己的那点盼头而活。他们是一帮大男孩，有着干净的嗓子，偶尔唱唱摇滚。其实摇滚是骨子里的东西，学是学不出来的。

我看到小节眼里有光，我不知道那是不是梦想。

"有人说，唱摇滚的人相处起来拧巴，我倒觉得相处起来省心，他们活得很真实。这点你也是。"

我插嘴道："现在生活不拧巴了。"

董小节说："晚上睡不着的时候，就打开窗子，窗帘留着一个缝。夏日的月光有点蓝，看上去清凉凉的。房间不大，我收拾得很干净，有股清香，一盏壁灯发出桔黄的暖暖的光。我放了张大床，可是睡着后却总是蜷缩着身子，拧成一团，眉头紧锁。"

我说："小节，你交个男朋友吧，一个人在这里生活太苦。"

小节说："你知道吗，我听那几个大男孩弹着吉他总以为那是你。他们总在弹唱：让我睡在这有你的梦里 / 漂亮姑娘，宝马车上你有没有哭泣 / 我准备好晚饭在街边等你 / 我们和好吧 / 要不然我会迷失在生活里……而他们的女朋友就坐在旁边吃着盒饭，一脸幸福地看着他们，我鼻子酸酸的。这是爱情吗？我反复问着自己。"

4

宋冬野站在台上穿着裤衩唱着那首家喻户晓的《董小姐》，我的眼前突然模糊起来。

火车从兰州出发了，穿过村庄，聒噪的蝉鸣，慵懒的小狗，还有那滚滚的黄河水，夕阳被揉碎在河面上，有一个女孩满怀心事地迎接着这扑面而来的一切，她的青春就这样开走了。生活让我们来不及喘息，就赶着我们启程，你甚至不知道下一站你在何方，接触什么样的人，做着怎样的工作。绿皮车带着一群人的梦想、快乐和忧伤晃晃荡荡地驶出去。

绿皮车在汗臭、泡面、臭脚的混合气体中驶进北京西站，在北京有个姑娘没有朋友。她拉着一只仅有的皮箱，形色匆匆地冲进黑夜。她犹如大海里的一滴水，掉进这座陌生的城市里。一个人租房，一个人吃饭，一个人逛街。窗前的整个世界是不是让她害怕？

2015年，董小节离开了待了三年的城市，我听她的前同事说，她去了美国。

如今恍若隔世地想来，你去了美国，我伫立在上海，两只手隔空挥舞，用最疼的方式怀念彼此。有时候，我不得不承认，这就像一场梦。我永远都不会为你落泪，他们说胖子哭起来很难看。

我只记得有个女孩叫董小节，一个流浪的女孩。

Chapter Six
感谢你陪我过平凡生活

不 想 与 你 相 见 恨 早
Don't wanna meet you too early

世间最难的修行，都在最亲密的关系里。温柔体谅，大
多是因为你曾感同身受。你说，陪伴是最长情的告白。
我说，因为有你，日子卑微却甜蜜。

恋爱不需要套招

爱情里的这些套招，只是试探的过程。一旦相爱，就不需要任何招式。

1

年历上说，今年是丙申猴年，五行属火，而今天是三月一日，月份属木，木生火，火又生土。

"对了，我是土命人。"我随口道。

端坐在我对面的苏辛，放下手中刚抿了一口的咖啡，轻声嘀咕道："你还懂这些，怪不得你看起来这么土呢。"

我的内心受到一万点伤害，但脸上依旧保持着微笑。

怎么，看不明白这是什么场面？相信单身狗们已经窥出一些端倪。是的，我和苏辛正在相亲。我和苏辛能坐在一起，不得不说这是个玩笑。

夜晚街角的咖啡店，人开始多了起来。空气中弥漫着氤氲的甜腻香气，恋人们相对而坐，耳鬓厮磨，享受着片刻的快乐时光。

2

我们的出场，是这样的。

我早苏辛十分钟到了卡座，我示意服务员事先准备一杯卡布奇诺，一杯摩卡。

女孩子一般喜欢甜蜜中带点苦涩的卡布奇诺，调制成心形的咖啡充满浪漫，女孩子不都是喜欢一点小浪漫吗？

苏辛有些仓促地来到我的对面，让我有些始料未及。

见到真人我才相信，她不上相，人比照片还漂亮。我的小宇宙已经燃烧起来。

此时，需要淡定。

我假装若无其事地站起来拉开座椅，示意她坐下，并打了个响指，服务员款款而来。

"先生，您的卡布奇诺。"

"哦，对不起，恐怕你认错人了吧，这不是我的。"

服务员说道："不可能啊，先生。就是您刚才点的啊。"

我笑了笑："应该是这位姑娘点的吧。"

服务员被逗笑了，忙说："这位姑娘真漂亮。"

我赶忙说道："谢谢你的夸奖。"

这一切都是我精心设计的表演。

苏辛接过咖啡说道："谢谢，我不喝咖啡，怕回去了睡不着。"

我看了她一眼，我确定她说话的表情很自然。

"给我来一杯热牛奶，不带气泡的那种。"

这完全打乱了我设计好的开场。

苏辛坐定，很大方地伸出右手道："你好，我叫苏辛，苏东坡的苏，辛弃疾的辛。"

我握住她的手，光洁的肌肤有一丝光滑，我微微用了一些力道。

我没有急着介绍自己的名字，而是说道："你一副林黛玉的外表下，藏着一颗李清照的心啊。"

苏辛有些不好意思道："说我文青吧，怕是文青们不服，我就是一女汉子。"

我仔细打量了一下她，姣好的面容，只是化了淡妆，精致的五官让我不免想起女明星。

"你叫叶堃吧？"

我有些惊讶，她能念出我的名字。

"很多人都不认识堃字，看来你是文化人，让我猜一下你的职业。主持人？记者？作家？"

苏辛打断我说道："不用猜了，我是一名幼儿园的教师。"

我又始料未及。看来昨晚学的恋爱技巧，算是白学了。

苏辛喝完一大杯牛奶后，招呼服务员来："这是我的牛奶钱，多了就不用找了。"

她在付钱的时候望了望我，说道："不好意思让你请，我们AA制。"

我顿时绷不住了。

我有点羞愧地说道："请你喝一杯牛奶，还是能请得起的。"

苏辛收回刚才的钱说道："不好意思，我遇到AA的场合多了，养成了习惯。"

我又仔细打量了她一番,她胸前的第二个纽扣是打开的,而且露出了事业线。

我心里开始有点不高兴,打算耍耍她。

"年历上说,今年是丙申猴年,五行属火,而今天是三月一日,月份属木,木生火,火又生土。你是属火的猴,而且你喜欢夏天,尤其是南方的夏天。"

这下苏辛的表情有些诧异。她忙点头道:"你说的很对。"

我又接着说道:"今天是阴历一月二十三,月份五行属木,木又生火,你这个月会很顺利。"

苏辛说:"你是不是半仙啊?"

我笑着说:"你这是骂人。"

苏辛说:"不不不,你说的前面正确,后面就不正确了。所以我才说你是半仙,不然我就说你是全仙啦。"

我终于放松下来,心想就算做不成情侣,能成为朋友也是一件美事。

我说:"你很漂亮,追你的人应该不少吧,怎么会接受相亲。"

苏辛睁着一双大眼睛看着我说道:"你长得也不赖,喜欢你的姑娘应该很多吧,你怎么也相亲?"

我说:"我年龄不小了,不想再经历爱情中的那些套招,想找个人结婚生子,过平静日子。"

苏辛说:"你觉得没有经历过爱情里的那些套招,人们能相爱吗?

我说:"世上的爱情,哪有那么多真情实感?"

苏辛笑了起来："你是不是有抑郁倾向？"

我心里猛地被扎了一下，汩汩的鲜血直往外喷。

苏辛说："爱情里的这些套招，只是试探的过程。如果一旦相爱，就不需要任何招式。"

我说："其实，我也就谈过一次恋爱。"

苏辛说："看得出来。"

我顿时蒙了，忙说："你什么时候看出来的？"

苏辛捂着嘴轻笑道："自打我一坐下，就看出来了。"

我在她面前成了透明人。我接受不了比我聪明的女人，我对这样的女人不放心。

苏辛说："不早了，我要回去了。你要不要一起走？"

我端坐在桌旁，恍恍惚惚。

当我看着苏辛走到门口时，才猛地反应过来。

我冲出咖啡厅，街上的霓虹五光十色，行人们像是一条条线，在各自的轨道上行走，从来不曾有交集。

苏辛消失在人群中，不见了踪影。犹如一缕春风撩动了我的心弦。

3

三月，桃花盛开。《东邪西毒》里，精通琴棋书画的黄老邪说："我是因为她，才喜欢上桃花的。"他是一个古怪的人，没有人知道他一生都在找寻真爱。

冯唐说："春水初生，春林初盛，春风十里，不如你。"

我给苏辛发了个信息："我是土命人，长得也土，但我相信春天到来时，万物都会生长。苏辛，你就是我的桃花。"

苏辛给我发来一张照片，满园的桃花大朵盛开，她站在一旁微笑着。

后来，我们在一起了。正是那条短信打动了她。

你要相信总有一个人在等你

北方有佳人，遗世而独立。

此时的上海已是冬天，连续下了一周的雨，阴冷、潮湿。林立的高楼静悄悄得像个沉默的男人。

安好依偎在11层靠窗的阳台边，看着霓虹点缀的街道发呆。丘八安静地趴在她的腿上，一副幽怨的眼神看着窗外的世界。

丘八是只男猫，美短折耳，据说一窝猫只能生一只折耳。安好特意用"男猫"代替"公猫"的称呼，可见她有多喜欢它。丘八漂亮，见了生人特不见外。安好第一次带男生来家里时，丘八高声宣誓主权，男生抱它，被它嫌弃，一爪子划出个血道子。丘八能分清人是不是真诚。

安好说，丘八刚抱回来时，特别可爱，眼神明亮无邪，现在它做了手术自卑了。发情那会儿，在屋里到处滋尿。

安好辞职两个月了，刚辞职那会儿，满脑子只想去趟丽江看看。她总觉得地铁里的空气太污浊，街道逼仄，天空太小，巴掌大的办公桌就是她全部的生活。

从公司辞职那天，整个身心一下子放松下来，她先是做了个波浪卷的烫发，又去田子坊的一家意大利人开的咖餐厅里，坐到天亮。

安好说，这个城市的夜晚是那么风情万种，充满诱惑。你看那街上女孩的穿着打扮，眼睛里都是欲望，完全没有丘八这样的眼神。可是，丘八现在也没有明亮无邪的眼神了。

安好是个北京大妞，性格粗枝大叶，从不记仇。北京大妞安好说，她现在特喜欢《北京人在纽约》，因为上海和纽约没什么不同。安好喜欢京剧，不是因为国粹，而是她小时的家，就在戏园子里，母亲是个京剧演员，虽不是角儿，却也在戏台上待过几年。

闻得北方有佳人，遗世而独立。安好就在胡琴咿咿呀呀响起时，为大家备好茶水，在下面玩耍。安好印象最深的一出戏就是《霸王别姬》。

一折戏，喝得满堂彩。安好也在下面鼓掌，她哪里清楚楚霸王是谁，虞姬又是谁？

台上的虞姬妆饰艳丽凄迷，满目漆黑。安好看着那角儿面上油彩，看着他微微一笑，安好在台下眼泪顺着脸颊流了下来。

一笑万古春，一泣万古愁。安好说："我从小就爱上了他们的爱情。"

毕业那年，安好为了和男朋友在一起，不顾父母反对，执意和他来到上海。安好的母亲说："丫头，爱情之所以能流传下来，都是因为不完美。你去那么远的地方，我不反对，但我反对你和他在一起。"

安好说："我要自个儿成全自个儿，演绎别人的爱情不如经历自己的爱情，哪怕不完美，我至少经历啦。"

安好说："爱情其实是个瞬间状态。爱过后，就落到日常生活里了，日常生活能出的问题都差不多，不过是相互容忍罢了。"

尽管她是中戏毕业的，初来上海，安好还是连一些商业广告都接不到。幸运的是，安好的男朋友进入了陆家嘴的一家银行工作，待遇不错。

于是，他们租了一室一厅的房子，房租三千五百元。安好倒是清闲了一阵子，去武康路看一些老式弄堂，去田子坊的洋酒吧坐坐。

安好说，上海比北京舒服，街道干净，人们生活中有一种质地。

安好的男朋友是上海人，骨子里的小男人，对人体贴，名叫苏野。

安好的房东人很小气，为此与安好没少起争执。苏野总是在一旁息事宁人，安好就会关上门和他怄气。

安好受够了房东，拉着苏野去看房，然而苏野在银行的工作很忙，也没时间陪她。

后来，安好在一家杂志社工作，帮忙写一些专栏。工作的快节奏让安好的精力透支，灵感枯竭。

人倒霉的时候，喝凉水都塞牙缝。安好在公司提交的稿子被主编批了重新写；一个人坐地铁又被人偷了手机；最可气的是，回到家已经九点多，男朋友还没回来。没有钥匙，没有电话，安好突然像泄了气的皮球，一个人蹲在门口心如死灰。

苏野回来后，安好看到他就发飙了，大晚上收拾东西，非要回北京。

苏野劝阻她说："安好，你别闹了好不好？你这样我会很累。"

安好脑海里瞬间出现了一个画面：虞姬长袖轻扬，凄美地冷笑后，拔剑自刎了。安好似乎觉得生无所恋，打开窗子，非要往下跳。

最后，警察来了这件事才告一段落。

那段时间她经常加班，也会在心里孤独时，赶紧召集一帮朋友出去耍。

苏野的工作没多大起色，加班很晚才回家。安好为此心疼了一段时间，说要学做饭，为他准备晚餐。

其实，安好开心时，就是一只无忧无虑的小鸟。

安好第一次准备的晚饭以失败告终，他们只好去外面吃。安好看着自己辛苦忙活两小时的成果被倒进垃圾桶，心里很伤心。

安好说，她喜欢看电影，但从不看大片，为此，苏野有点接受不了，甚至他们闹到各看各的。

《港囧》上映那天，《烈日灼心》这部文艺片也在上映。

安好下了班给苏野打电话，不过没人接。于是，她发了信息。安好一个人买了票，坐进稀稀落落的大厅里，很满意地看完了这部影片，她为男朋友没来看而感到遗憾。

安好说，演员最大的幸福就是可以经历不同的人生，她觉得邓超演得很棒。

在影院门口，安好看到自己家的车。于是，她拨打男朋友的电话，依然没人接，她便一个人坐着地铁回了家。

安好说，那天她不想发火的，就那样一个人安静地洗衣服、拖地。当她看到男友衬衫衣领上的口红印时，心里像是被扎了一把刀，拔出来就死，不拔很疼，堵得慌。

苏野那天洗完澡就睡了。安好洗完澡抱着他的后背，而他一点反应都没有。

半夜，安好躺在床上睁着眼睛没睡。她似乎看到虞姬的剑跌落了，鲜血印在长袖上，而虞姬那张凄美的脸上，却露出微笑。

安好发疯似的大声嘶吼起来。

苏野被惊醒，再也没睡着，警察又来了一趟，并且建议安好去看心理医生。

于是，安好不再说话。然后，苏野和她提出分手。

自始至终，安好都没说苏野的那件事。她相信他心知肚明。

分手后，安好开始糟践自己。

在酒吧里，故意和帅哥接吻。

有一次，安好被一个男人抱着放到床上。

安好喊着："霸王，我等得好苦啊。"

男子一脸猴急地回应说："霸王这就进来了，妹妹别急。"

安好冷不丁的嘶喊将男子吓得提裤子就跑。

人的情感和体力都是有限的，安好真的觉得在大城市生活一年仿佛会消耗十年的精力。

高峰期的地铁没有座位，又闷又热。安好抓着吊环，一边悠闲地数着站名，一边想："为什么连挤地铁也变得不那么痛苦了呢？"

安好立刻想到了答案——因为她坚信不用一辈子挤下去。

每个生活在都市的人都会思考，自己会不会陷入这样无休止的生活，无休止地挤地铁，无休止地被闹铃叫起，无休止地从早上6点工作到晚上9点，无休止地消耗，无休止地住着狭小的房间……

安好不敢再这样想象下去，不好的情绪会在城市面前放大。

安好经历过那种很不踏实的阶段，在分手后的那段时间，她一直都不踏实。那种一脚踏空的感觉，一觉醒来，不知身在何处。

金融界大佬被抓的那天晚上，安好看着电视有点凄凉，因为苏野就在他们公司。

世界上根本没有高手，只有左手和右手，只有肮脏的交易。

安好说，丘八生病了。医生为了它的生命，给它做了结扎。它从那以后再也没了神气，每天很幽怨地看着这个世界。

安好现在很享受每天一个人独处的时间，她打算以后的每个节日都要过，还打算写一部小说，是关于虞姬的爱情。

后来我问她，你相信这个世上有虞姬那样至死不渝的爱情吗？

安好眼神里有光，姣好的身材婀娜生盼，咿咿呀呀地唱道："北方有佳人，遗世而独立。"

亲爱的，谢谢你陪我过平凡的生活

不是你喜欢什么，生活就让你拥有什么，这中间是无尽的等待和平静的日子。我们无法决定手里拿的牌是好是坏，却能决定每一张牌该如何打出。

1

最近，由于工作的压力我经常失眠，抽了一整条烟后，口腔里索然无味，心里更是感觉空荡荡的。

下了班，坐在地铁上观察着每一张面无表情的脸孔，我在思考他们从事一份什么样的职业，她或者他是不是一个人在这所城市生活。除了工作，他们下了班又会做什么。想来想去，我没有答案。

昨天一个人去看午夜场电影《华丽上班族》，看后若有所思地笑笑，生活真如电影，灯光打开，谢幕散场，我身旁的一对情侣傻乎乎的笑声贯穿电影始终，我感觉比电影还好看。走出影院时，我微笑着对他们说："你们真幸福。"

他俩哈哈笑着对我说："我们一个星期才相聚一次，电影内容我们不在乎，出来看电影只是放松方式。"

我一个人回到家中，打开电脑，若有所思地想写点东西，手指在键盘上来回比划了很多次，一个字也打不出来。

我是真的病了，前两天吃火锅坏了肚子，一个人蹲在马桶上两个小时，中间实在无聊，遂听起莫扎特的《催眠曲》，安静的洗手间里，只有钢琴和小提琴的声音，我竟然听得失声痛哭。

我想，生活真是一出糟糕的电影，我们在扮演自己的角色时，时常会不适应，时常会演不下去。

我于是给女友打电话，由于工作的缘故，她下班比较晚，体力消耗严重。

女友是个寡言的人，正好与我这个汉子外表、柔情内心的人形成反差。

我说十句，她才说一句。

因为我们不在一个城市，我们都忍受着相同的孤独。

让我感动的是，她每天早晨七点准时发个微信："早安！"

我回："亲爱的，早安。"

中间，有一天我没回，她不安地问我："你能忍受我吗？"

我快速地回："宝贝，你多想了，除非你不爱我，我不会放弃的。"

她发来一个笑脸，我能想象出她是以怎样一个愉快的心情开始一天的工作。

我说："来我身边吧，我照顾你！"

她只是发个亲吻的表情。

2

有次，我实在忍受不了生理上的孤独。夜里九点，我打电话给她说："我要坐动车去厦门找你。"

她笑着说："你来就为了满足一下吗？"

我顿时像个泄了气的皮球，萎靡了好几天。

她没我会表达，但我清楚她何尝不想有我陪伴在她身边，一起看场午夜电影，肆无忌惮地傻笑，去海底捞吃一顿满嘴油腻的火锅。

我夜里躺在床上，喜欢挑逗她。

我说："寂寞小狼狗呼叫，长夜漫漫，寂寞难耐。寡人今天心情上佳，快来侍寝。"

她回："发情小狼狗，狗行千里吃屎，你是禀性难移。"

我脸绿，好几天没理她。

上个月她过生日，我特意在京东上买了鲜花和巧克力蛋糕，给她快递到家。

那天，她激动地打来电话，我装作若无其事。

"感谢你的礼物，这是我在外地过的第一个生日。亲爱的，爱你。"

我就逗她："今天是你生日？我忘了给你准备礼物怎么办？"

她用惊讶的口气问我："礼物不是你买给我的？"

我说："什么礼物？"

她慌忙给我发来图片，我压着声音低笑。

"是不是你们公司哪个帅哥给你买的？"我假装生气道。

她用狐疑的口气说道："不会吧，知道我生日的人没几个啊。"

我在电话这头，笑得前俯后仰，大声说出："生日快乐。"

女友在电话那头哭了，随即挂了电话。

我好像做错了什么。

3

去年年末，我工作上处于迷茫期。整天愁眉不展，过得天昏地暗。

女友来上海看我，她去超市买了一堆东西，把冰箱填得满满的。

下了班，我建议去外面吃，她说："菜都买好了，还是在家里做吧。"

我闷闷不乐地甩脸子给她。

她默不作声地做好饭，特意买了我喜欢的blueberry红酒，说是晚上有助于我创作。

我朝她大喊："创作个毛线啊，这年代作家早饿死了。"

她的沉默不语让我混蛋劲儿犯上来了。

我简单吃了两口饭，就坐到电脑旁，将键盘敲得啪啪直响，一个人听着歌，玩着游戏。

她收拾完，回到房间，一直盯着我玩游戏，我不说话，她也不说。

直到我玩累了，关上电脑，躺在床上，满脑子都是工作上的不开心。

女友洗漱完，钻进被窝靠着我，一声不吭。

我生气地说道："太热，别靠太近。"

她有点尴尬地挪了挪身子，一个人不知在想些什么。

我起身去阳台抽完烟回来，看见女友一个人捂着被子在哭。

我说："你能不能别这么烦，大晚上哭丧着脸招魂啊？"

她不知为何突然能言善辩了："我知道你心情不好，工作压力大，可我们不都是这样吗，我没想着你衣锦还乡，只要你疼我、爱护我就好。"

我一时间蒙了，理屈词穷。

送她上火车时，我笑问她："如果给不了你想要的生活，你还爱我吗？"

她抬头看着我，说道："你知道我想要什么样的生活吗？还有，每个人都有低谷，相信自己，努力奋斗，即使我们过平凡的生活又何尝不可。"

火车缓缓开动，我突然难受起来，而她坐在火车靠窗的位置一直微笑着和我摆手。

4

最近，我看了一篇文章，文中有句话打动了我："我们的生活停不下来，只怕停下来就会完蛋，而我们的生活可以慢下来。"

七堇年说："生活像一只榨汁机。没有时间写作，没有时间思考，累得像条狗一样爬回家的时候，安慰着自己，生活不都是要么激情四射，要么春花秋月的。有多少人和我一样堵在上下班高峰，呼吸着尾气，连梦都累得没法做了？要人人都去喂马劈柴，周游世界，GDP谁来贡献。没低到尘埃里的种子，开不出花来。"

生活里的每一个打动你的细节，都是我们平凡的幸福。这尘世，每个人都会化为尘埃，回归泥土。我们在累成狗的生活里，一样可以想象一下喂马劈柴。

亲爱的，生活没有我们想象的残酷，没有那么冷冰冰，也没有那么热气腾腾。除了朝九晚五的八小时，我们还有与家人度过的时光。

我们都停不下来，但我们的步伐可以缓慢，可以携手去看一场电影，可以给远在千里的父母打电话，诉说你的委屈。

5

亲爱的，感谢你陪我度过这平凡的生活，让我清楚什么样的生活适合自己。

亲爱的，你不爱说话，可你的心却什么都明白，而生活中的沉默者才是智者。

"寂寞小狼狗呼叫。"

"孤独小夜猫收到，愿今晚有个好梦，愿我们与这个世界和平相处。"

"亲爱的，我要……感谢你。"

"哈哈，么么哒，晚安。"

做你的骑士

在梦中，我伪装成骑士，为你披甲上阵，行侠仗义，用武力和鲜血来保护你。

站在你的前面，我愿像个中欧骑士一样，用身体挡成一座城墙。沿着你走过的路，我发现街角的路灯暗淡，杯中的烈酒饮尽，吧台上只留下你的手印和那份孤独。

1

有一天午夜，她发短信给我说："好累。"

我从床榻上弹起身，激动加紧张，手险些抖成帕金森综合征，然后回复："我陪你吧。"

她回："你有药吗？"

我回："我有烟有酒，就是没有药。"

她回："心累能治吗？"

我回："不好说，反正每次我试都不灵。"

她回："你又不是我，你怎么知道用在我身上不管用呢？"

我怔了怔，回复道："好像很有道理。"

她回："你家在哪？"

我心跳加速，手疾如飞回："你要干吗？"

她回："赶紧把地址发给我。"

我犹豫了一下，最终还是将地址发了过去，然后我突然陷入焦虑。我打开房间里所有的灯，沙发不够整齐，地板也没拖，连换了一个星期的臭袜子和内裤都还扔在茶几上。我感觉自己已经到了懒癌晚期。

于是，我打开水龙头，半夜拿起拖把，将边边角角拖了个遍。地板这么潮也不行啊，万一人踩在上面摔个嘴啃泥咋办？万一直接将大板牙磕掉，大半夜上哪里找医院？

没错，我疯了。

正在我汗流浃背地大扫除时，我的手机响了，是她发来的。我赶紧点开，她那气若游丝的声音传来："大半夜连出租车也欺负人，我一个人在路口坐等了半个钟头都没人。"

我赶紧拨通电话："你在哪里，我去接你。"

于是，我换上干净的衬衣、喷上古龙香水急匆匆出门。我摇下车窗看到拐角的路灯下一个蜷缩的身影时，并没有喊出声。

徐一宁抬头看到我后，径直走过来一屁股坐在我的副驾驶，喊道："师傅，开车。"

她把我当成了出租车司机，然而我甘之如饴。

我问："这位美女，大半夜要去哪？"

她招了招手："你管得着吗？老娘想去哪就去哪。"

我不再问，沉默不语。将车里的冷气打开，CD播放着都市夜归人才听的寂寞情歌，城市摆出诱惑的姿态，那高耸建筑里投射出影影绰绰的光，让人内心深处不免有些寄托。

或许是太累了，徐一宁坐在副驾驶沉沉睡去，鼻息间有着细微的鼾声。

我把她扶下车时，她一脸倦容地招手道："师傅，拜拜。"

我停好车，将蹲在地上的她扶了起来。我有些心疼地问道："你今天怎么把自己搞得这么狼狈？"

徐一宁趴在我脸上瞅了半天才说道："杨文啊，怎么是你呢？我刚才打不到车了。"

我这才发觉她喝了很多酒。如果一个女人不是遇到烦心事，怎么会如此伤害自己。我心疼地扶着她走进我的家。

徐一宁进入房间后，直接将高跟鞋甩掉，洁白的脚踝格外醒目。

我赶紧扶她坐到沙发上，从冰柜里倒了一杯冰白开递给她。

她接过去，手舞足蹈地大喊："今晚我要不醉不归。"

"你已经喝多了。"我说。

"咦？你家的吊灯怎么在晃？是不是地震了？"

我看着她将白开水喝完，等她恢复清醒。我问："你是不是遇到难事啦？"

徐一宁摆摆手说道："往事都随风去吧，今晚我只要喝酒。"

我不再问了，知道终究问不出个答案，索性陪着她坐到天亮。

她的妆有些花了，单薄的抹胸裙格外妖娆。我说："今晚就睡在这里吧。"

她迷迷糊糊地回了我一句道："今晚你要睡我？"

我说："有贼心没贼胆。"

她说："别客气啊哥们，都是自己人，约个炮啥的正常需求嘛，总比外面的那些女的干净吧。"

我有些难过，她确实变了。

徐一宁当着我的面开始脱衣服，我的大脑直接充血，我坚信她不是故意的。

她还没清楚自己在做什么之前，我有义务提醒她。我可不是柳下惠，擦枪走火的事肯定会发生。

当我试图拉她的时候，她反拉住我说："大彭，别走好吗？"

我不是她口中所说的大彭，所以心里有点生气。

我把她抱到自己的床上，关上房门躺在沙发上怎么也睡不着。

徐一宁是我大学的班花，从来不少追求者。我也是其中一个，但我只是那个暗恋者，她甚至都不知道。我看着墙上的灯，胡思乱想了很久，缓缓睡去。

第二天六点，我被电话铃声吵醒，是我同事苏苏打来的，我需要飞青岛去谈一个旅游项目，早上七点的飞机，这是事先定好的行程。

我洗漱、刮胡子，穿上笔挺的衬衣和锃亮的皮鞋，一切都打理好只需要十分钟。

我打开卧室的门，看了看熟睡的一宁后，留了个字条匆匆走出家门。

这就是我的生活，对大多数人来说很规律。一个标准的上班族，一切时间都被规划好了。

飞机起飞晚点，我和苏苏坐在机场的大厅里吃着早餐，苏苏问我："老大，是不是昨晚干坏事啦？"

我笑：“小孩子少打听大人的事。”

她调皮地吐了吐舌头道：“欺负人家刚毕业是吧？我可告诉你，我不是小孩子，这就是铁证。”说着她指了指自己的胸。

我逗她：“胸大无脑说的就是你。”

她反驳：“人都是咪咪小人品好，我是胸大人又善良。”

我服。

飞机上，苏苏一脸关心地让我休息一会儿，说到了叫醒我。

我感激地看了她一眼，倒头睡去。

2

此次谈判的旅游项目公司很看重。

我们到了下榻酒店后，我就招呼苏苏将所有的资料准备好。

苏苏说：“老大，一切准备妥当，只等你杀他们个片甲不留。”

商场从来都是战场，为了自己的利益各自征战，我也不能免俗。

谈判并没有我想象中的顺利，对方不看好高端旅游项目，这让我很吃惊，我的心也跟着焦虑起来。拿下这个项目，回到公司我就是功臣，拿不下恐怕在公司里不好做人了。

我借故去外面抽了根烟理清思路，正当我准备进入会议室重新厮杀时，徐一宁打来了电话。

她问：“我怎么睡在你家？”

我说：“你昨晚喝多了呀。”

她说：“我没做什么对不起你的事吧？”

我说：“你真谦虚，要说也是我对不起你才对。”

她"啊"了一声，大叫道："咱俩不会真的对不起计划生育政策了吧？"

我被她逗笑，说道："冰箱里有些吃的，你吃完再走，房间钥匙放在门外地毯下就行。"

她赶紧客气地说道："真对不住，给你添麻烦了。"

我说："你能天天麻烦我，是我的荣幸。"

她说："得得得，瞧把自己说得跟清仓大甩卖似的。你在干吗呢？"

我说："正准备一场厮杀呢。"

她假装吃惊道："哎呀，这么血腥，好怕怕。"

我打完电话，心情大好。走进会议室后，心里充满自信。谈判结束后，事情没我预想的那么糟糕。对方说想考虑一下。

去机场的路上，我给一宁打电话说："你真是福星啊，正应了你的话，好事多磨。我打算回去好好感谢你。"

我们约好见面的时间就挂了电话，坐在我一旁的苏苏像是看出了端倪，不停问我："老大，你这个月是不是犯桃花，艳福不浅啊。"

我说："大人的事，小孩子别插嘴。"

为此，苏苏一路上都沮丧着脸。

下了飞机，我示意苏苏先回家好好休息，苏苏非要拉着我去吃甜品。

我索性就跟着去了。

甜品店里苏苏一直都挑不到她喜欢的甜品。我说："你要求还蛮高啊。"

苏苏撇了撇嘴说道："咱们上次去国外，你给我买的那款甜品怎么没有呀？"

我说："那就换一种吃嘛。"

她气鼓鼓地说道："不行，我才不吃不喜欢的呢。"

为此，苏苏说我欠她一次甜品。送走她后，我赶紧给一宁打电话约好见面。

当我风尘仆仆地见到一宁时，她完全变了个人，精神看上去很好，神清气爽的。

我寒暄道："大美女容光焕发，总算活过来了。"

一宁说："我昨晚该有多狼狈啊？"

我说："哎呦，完全是个女中豪杰，想霸王强上弓非礼我，我肯定誓死不从啊。"

一宁大笑道："看来你也学坏了，大学里看你挺老实的呀。"

我说："其实我很闷骚。"

她说："闷骚的男人都专情。"

聊得起兴，我便起头问起了她的事。她呷了一口咖啡道："哎呀，真苦，忘了放糖了吧。"

我看着她说道："挺心疼你的。"

她有点不敢看我，半天才说道："我被劈腿了。"

我说："谁敢劈你这双大白腿，太不懂得怜香惜玉了吧？"

她见我没正经，反而倒轻松了，她一扫不愉快道："人渣恒久远，一个永流传。"

我说："遇到渣男最好的办法就是撒腿就跑。"

她说："你先不用安慰我。自己的事咋样了？"

我装作一副睡妞无数的架势，说道："别和我提妞儿，戒了。"

她说："哟，清心寡欲啦，要当柳下惠啊。"

我们聊了很多，从大学到工作。开心的不开心的都聊了。

3

第二天徐一宁主动给我打电话，我还是挺开心的。

当我冲到她们公司楼下，才发现一辆跑车停在她面前。有个长相帅气的人手捧花束，在向徐一宁求婚。

她看到我过来，赶紧喊："杨文，你来啦。"说着就要上我的车。

我问："他是不是你说的渣男？"

一宁说："他就是大彭，劈腿的那个。"

正当我们开车要走时，我从后视镜里看到一辆车飞驰而来。

"嘭"地一声，撞上了。

我赶紧看了看一宁，发现没事后，下车找他理论。

大彭直接将一宁从车上拽下来，大喊道："你不答应我，就是为了这个家伙？"

一宁不说话，我也懒得去搭理他。

他不依不饶道："徐一宁我告诉你，我睡过的女人谁也别想得到。"

我一个箭步冲上去，一拳打倒了他，狠狠地对他说："你还是个男人吗？"

那家伙爬起来后准备还手，被一宁拦住了。

一宁说："你别闹了，我跟你走。"

我站在一旁喊道："一宁，你不能跟他走。"

大彭比划了个猥琐的手势开车走了，留我一个人收拾残局。

这件事让我伤心了好几天，我喝了个大醉。以为终于能追到自己暗恋多年的女孩时，还是被打回了原形。

我喝醉后，给苏苏发短信。

苏苏回："老大，你这是在和我暧昧吗？"

我回："好累。"

苏苏回："要不我去你家照顾你吧？"

我回："这样不好，我会犯错误的。"

苏苏发了个龇牙的表情，回道："在我看来那不是犯错误，而是犯桃花。"

我吓得手机差点摔碎，赶紧关机。我心里清楚，既然不爱一个人，就不要辜负她，不然和渣男有何分别。

徐一宁在我的生活里了无痕迹地消失了。我甚至怀疑前段时间的相逢是一场幻觉。

4

我接到医院打来的电话时，心跳飙到一百三十。徐一宁自杀了。

当我跑到医院，看到那张苍白的面孔时，突然难过地落了泪。

原来，徐一宁为了摆脱那个渣男，竟然和他打赌喝酒，谁先喝醉谁就算输了。让人没想到的是，她事先在酒里放了安眠药。

徐一宁打算和渣男同归于尽，而由于身体素质的原因她先出了事。

当徐一宁醒来时，第一件事就问："那个渣男死了没？"

我说："胃差点洗出血来，不比你好。"

徐一宁勉强挤出了一个微笑，当一个人用死亡来宣布结束自己的爱情时，她肯定对爱情失望透顶。

徐一宁住院的那段日子，我每天下了班就去看她。

有一天，我正在给她剥水果，她说："文儿，别对我这么好，我不值得你付出。"

我将剥好的水果喂她，她死活不吃。

我说："你不知道自己有多好。别人发现不了，是他们眼瞎。"

我从医生那里得知，徐一宁早就患上抑郁症。但我不敢去问她，我怕她想不开。

一宁说："这么多年来，其实我的心早就空了。自从毕业后，我每一天都是苦撑着走过来的。"

我安慰她："忘掉过去，开始一段新的生活，在废墟上建造起一个花园来，等到明年就会春暖花开。"

一宁突然情绪崩溃地说道："你知道吗，有个秘密在我心里憋了很多年，我已经要疯掉了。"

当一个人把不愿提起的秘密袒露给你时，代表着她开始相信了你。

她说，自己从小父母就离异了。她的妈妈年轻时候很漂亮，就是嫌弃自己的父亲没出息，给不了她想要的生活而选择了离婚。

我说："每个人都有自己的追求。"

她突然恶狠狠地说："可是我妈改嫁给了一个渣男，我被那个男人侵犯了身体，但我妈怕丢人，死活不让我报警。"

我手里的水果"嘭"地一下落地，滚出去很远。我再没心情去拾起来。

一宁看着滚落的苹果，自言自语道："而我为了摆脱这个阴影，一心想找个好男人，可是又遇到了渣男。"

我不知所措地坐了很久，一宁脸上的泪干涸了我才离去。

而后几天，我把自己关在房间里，一遍一遍地问自己能不能接受关于她的现实。

苏苏给我打来电话时，我邀请她来家里做客。

苏苏见我心情不好，就安慰我。

都说女人的直觉是最准的，她说："失恋没什么，大不了再找嘛，现在你身边就有个物美价廉的大甜妞。"

我完全听不进去她的关心。

苏苏说："老大，其实我喜欢你很久了，非常喜欢。可是自打去青岛出差，我就知道你已经不属于我了。我当时很难受，但我清楚，爱一个人不一定非要得到。但能得到那是再好不过了。"

苏苏在我面前"哇"地一声，大哭起来，完全像个孩子一样。

我们在爱情里是不对等的，她喜欢我，我喜欢一宁，而一宁不喜欢我。我们就像在一个圆圈里打转儿，谁也追不上谁。

我告诉苏苏："你还小，肯定会碰到一个把你当成公主的人。"

苏苏说："我才不想当公主呢，我只想和喜欢的人在一起。"

5

我们做回了同事，再次去青岛出差的时候，苏苏没给我打电话。我主动给她打了过去。

在飞机上，苏苏坐在我的旁边犯困，我执意要她先睡会儿。

谈判很顺利，我签下了合同，并启动了"骑士"拉力赛项目。

当我和苏苏走出会议室，苏苏激动地抱着我，我们喜极而泣。

我不知道把这份喜悦与谁分享，我打开通讯录，却拨通了一宁的电话。

一宁说："文文，谢谢你，我现在已经出院了。"

我说："一宁，我想告诉你，我喜欢你。希望你能给我一次机会让我照顾你。"

一宁说："你是可怜我吧？"

我说："不是，我从大学就暗恋你。一直都是。"

一宁说："你不嫌弃我吗？"

我说："你在我心里就是天使。"

挂完电话，阳光洒在我的脸上，我不知为何眼眶里有液体不由自主流了出来。

"骑士"计划启动，我是项目的负责人，苏苏是我的助手。我们带领着一批由富商组成的车队，从兰州出发，一路去了新疆。

途中，车子在沙漠里抛锚。

苏苏从车上下来，问我："中欧骑士，请问你怎么照顾你的公主啊？"

这时，一宁从车子的副驾驶下来，一脸担忧地问我："你能搞定吗？"

我示意她打开后备箱，拿出工具，直接趴在车身下面，咔咔修起来。

苏苏调侃一宁道："真羡慕你，我们家老大交给你我也放心了。"

一宁微笑道："他可是骑士，不属于我。"

我从车底爬起来，微笑着说："苏苏，如果你不介意，我把你也收了吧。"

苏苏惊呼道："呸，我才不同意呢。你是属于一宁姐一个人的骑士。"

一宁佯装吃醋道："待会儿路上罚你不准休息。"

我摘下油渍的白手套，一只手放在胸前，一只手放在身后，躬身说道："遵命。"

车子开动，后面的富商们一个个跟上，像只出征的队伍。而沙漠下的落日格外好看，像是一宁美丽的笑脸。

我们在沙漠里开出一条路，披上战甲，为了身边的这个女人，我愿意把自己变成一个骑士，铸成一道墙，守护住自己的公主。

后　记

　　暌违四载，浮动着墨香汇成字符，终于化作书笺，送到大家面前。

　　这本书时间跨度四年，从大学到走上工作岗位，包含了我所有的生活阅历和感悟。它对于我而言，犹如孕育了多年的婴儿呱呱落地，至此，我的心也尘埃落定。经历了无数个日夜的酝酿和书写，仿佛整个人被掏空。这不是个结束，仅仅是个开始。

　　时间过得真快，一转眼，我已经毕业近4年。那时刚毕业，从一个海滨城市一猛子扎进大都市，犹如网上的蜘蛛，迷茫极了。

　　大学时光给了我无比美好的回忆。我们学校离海边很近，步行大概十分钟路程。我喜欢通往海边的那条路，曲折蜿蜒，站在道路的转弯处，能看到整个海岸线。夏天，我们宿舍几人，奔跑着去海边游泳，无忧无虑地站成一条线，对着大海，大海用浪花回应我们。遇到不开心的事，我也会一个人跑去海边静坐，看着大海无边无际和潮落潮起，就算有天大的不开心也会抛之脑后。

　　最近在看《晓松奇谈》的时候，发现高晓松说了段特别有趣的话，上大学就应该选择三种地方，一个是美女如云的地方，至少它有让你萌生爱情的机会；其二就是美食多的地方，至少它可以在你烦恼的时候，静静地做个吃货，吃美食或许算是天底下最幸福的事之一；其三就是山清水秀的地方，它可以陶冶出我们的很多小情趣，想明白很多生活的琐事。即使在未来的生活中艰难前行，你依然会笑谈理想，因为，你见过最美的风景。

所以，我在一个山清水秀的海滨城市度过了我的大学，关于爱情也留下了很多美好回忆。这也是我能写出这么多爱情故事的原因之一。

之后，我一路南下，经过南京，经过苏州，到达了上海，停留在这个被称作"东方之子"的上海。我更喜欢把这个城市想象成海上的城市，那样更能表达内心的漂泊感。

我像只急需成长的水生物，扎根在了这片酷似热带雨林的城市里。

我刚到这里，拿着一个月两千多元的工资，晃荡在地铁上，蜉蝣在各个景区。不到半年，整个城市就被我看完了。

其间，我谈了个女友，有一段刻骨铭心的爱情，它完全辩证了一个生活哲学：面包与爱情的关系。相处中经历了该有的苦涩和甜蜜，最后，我们因为生活的种种分开，相忘于江湖。那天，我拿起《月亮与六便士》看了整个通宵，越看越伤心。

我离开了上海一段时间。去了武汉、成都、九江、长沙，这些都是美女如云、美食遍地的地方。我在青春的故事里，自在如风地漂浮在这几个城市间，待的时间久了，我才看清楚生活本该有的面貌。

2015年，我又回到了上海，开始了另一种规律的生活。每天照样挤在拥挤的地铁里，笑看大家的酸甜苦辣。

我决定为这些疲惫生活的人，写下他们的故事。于是，我将自己的经历和身边的朋友写了个遍，最后写到路人甲。

2016年这些故事有幸被出版公司看中，才有了这次成书的机会。在此，我要感谢读品联合，也要感谢我的责编叮叮，更要感谢生活中所有的经历，和那些被写成故事的人，是你们带我走向下一段旅程。

生命是一段旅程，我们每个人都是生命的践行者，途中有各种各样的意外事情发生，或有趣，或失望，我们为生计奔波，在疲惫生活里坚持着自己的梦想。

我在很小的时候看了王家卫的《东邪西毒》，那时被绚丽和磅礴大气的场面感动，我还不能明白此中的深意。时隔多年，我再次看这部电影，多了个终极版英文名叫"Ashes of Time"，翻译成中文是"时间的灰烬"。

随着年龄增长，我越来越明白王家卫导演故事里的情感，我甚至认为，生活中的爱情几乎可以全部囊括进这部电影里。我到了痴迷的程度，里面的每一句台词都能记得。

我很喜欢故事里的洪七，他是唯一一个善始善终的人，也是唯一一个能够活出自我的人。而欧阳锋则是最悲惨的那个人，他从一开始就将自己的心关了起来，他害怕伤痛，他躲避伤害。

有句台词说："我一直以为是我自己赢了，直到有一天看着镜子，才知道自己输了，在我最美好的时候，我最喜欢的人都不在我身边。如果能重新开始那该多好啊！"

我看这句话，字字戳心。问世间情为何物，直教人生死相许。但从没有一段感情错过了还能再找回来。因为我们都会变，因为时间在流逝。

在相信爱的年纪，我一直坚信要毫无顾忌地去爱，哪怕会遍体鳞伤，至少你会逐渐明白哪个人是最适合你的。痴情如老炮，深情如林夏，焦虑如安好，每个人都在爱情里，相守既安。

在本书的结尾，我要感谢每个能看到这些故事的人，也希望你们在感情生活里不留遗憾，勇敢去爱。

我会在这里一直等你。我们的相逢不迟不早，一切都刚刚好。